MARVEL
PRIDE
ICEMAN
MONSTROSITY!
ANNIVERSARY
AMERICA

MARVEL
PRIDE

STERNENHIMMEL

Under the Stars – Marvel's Voices: Pride (2021) 1, August 2021
Story: **MARIKO TAMAKI**
Zeichnungen & Tusche: **KRIS ANKA**
Farben: **TAMRA BONVILLAIN**

JEDEN TAG ETWAS NEUES

Something New Every Day – Marvel's Voices: Pride (2021) 1, August 2021
Story: **LILAH STURGES**
Zeichnungen und Tusche: **DEREK CHARM**
Farben: **BRITTANY PEER**

DIESER SCHWARZEN KATZE SOLLTE MAN AUF JEDEN FALL VORFAHRT GEWÄHREN

When a Black Cat Crosses Your Path, You Give Them The Right-Of-Way – Marvel's Voices: Pride (2021) 1, August 2021
Story: **LEAH WILLIAMS**
Zeichnungen und Tusche: **JAN BAZALDUA**
Farben: **ERICK ARCINIEGA**

MANN SEINER TRÄUME

Man of His Dreams – Marvel's Voices: Pride (2021) 1, August 2021
Story: **STEVE ORLANDO**
Zeichnungen und Tusche: **CLAUDIA AGUIRRE & LUCIANO VECCHIO**
Farben: **CLAUDIA AGUIRRE**

DU VERDIENST ES

You Deserve – Marvel's Voices: Pride (2021) 1, August 2021
Story: **VITA AYALA**
Zeichnungen und Tusche: **JOANNA ESTEP & BRITTNEY L. WILLIAMS**
Farben: **BRITTANY PEER**

LIEBE IST LIEBE

Love Is Love – Marvel's Voices: Pride (2021) 1, August 2021
Story & Zeichnungen: **JACOPO CAMAGNI**

VERWUNDETE

The Walking Wounded – Alpha Flight (1983) 106, März 1992
Story: **SCOTT LOBDELL**
Zeichnungen: **MARK PACELLA**
Tusche: **DAN PANOSIAN**
Farben: **BOB SHAREN**

BUND FÜRS LEBEN

Untitled – Astonishing X-Men (2004) 51, August 2012
Story: **MARJORIE LIU**
Zeichnungen: **MIKE PERKINS**
Tusche: **MIKE PERKINS & ANDREW HENNESSY**
Farben: **ANDY TROY, JIM CHARALAMPIDIS & RACHELLE ROSENBERG**

MADE IN THE USA, TEIL 1

Untitled – America Chavez: Made in the USA (2021) 1, Mai 2021
Story: **KALINDA VAZQUEZ**
Zeichnungen & Tusche: **CARLOS GÓMEZ**
Farben: **JESUS ABURTOV**

HEIMATLOS

Tracks – The United States of Captain America (2021) 1 (II), August 2021
Story: **JOSH TRUJILLO**
Zeichnungen & Tusche: **JAN BAZALDUA**
Farben: **MATT MILLA**

GEMEINSAM!

Assemble! – Marvel's Voices (2020) 1 (V), April 2020
Story & Zeichnungen: **LUCIANO VECCHIO**

ENDE

MARVEL PRIDE

ASTARTE DESIGN
(United States of Captain America)
ANDREA RENZONI
(Marvel's Voices: Pride, Alpha Flight, America Chavez, Marvel's Voices V)
WALPROJECT
(Astonishing X-Men)
LETTERING

JÜRGEN PETZ
(Astonishing X-Men)
ALEXANDER RÖSCH
(Marvel's Voices: Pride, Alpha Flight, America Chavez, Marvel's Voices V)
ROBERT SYSKA
(United States of Captain America)
ÜBERSETZUNG

SANA AMANAT
MARTIN BIRO
ANNALISE BISSA
TOM BREVOORT
SARAH BRUNSTAD
BOBBIE CHASE
DANIEL KETCHUM
NICK LOWE
WIL MOSS
ANGÉLIQUE ROCHÉ
JEANINE SCHAEFER
ALANNA SMITH
JORDAN D. WHITE
REDAKTION USA

C. B. CEBULSKI
CHEFREDAKTEUR USA

MARVEL PRIDE erscheint bei **PANINI COMICS**, Schloßstraße 76, D-70176 Stuttgart. Druck: Centro Poligrafico Milano S.p.A., Casarile (MI). Pressevertrieb: Stella Distribution GmbH, D-22297 Hamburg. Direkt-Abos auf **www.paninicomics.de**. Anzeigenverkauf: BLAUFEUER VERLAGSVERTRETUNGEN GmbH, info@blaufeuer.com. Es gilt die Anzeigenpreisliste Nr. 19 vom 01.10.2021. Geschäftsführer **Hermann Paul**, Publishing Director Europe **Marco M. Lupoi**, Finanzen/Logistik **Felix Bauer**, Marketing Director **Holger Wiest**, Marketing **Fabio Cunetto**, Vertrieb **Alexander Bubenheimer**, PR/Presse **Steffen Volkmer**, Publishing Manager **Lisa Pancaldi**, Redaktion **Christian Endres**, **Harald Gantzberg**, **Marco Rizzo**, **Anja Seiffert**, **Kristina Starschinski**, **Ilaria Tavoni**, **Daniela Uhlmann**, Übersetzung **Jürgen Petz**, **Monja Reichert**, **Alexander Rösch**, **Robert Syska**, Proofreading **Genoveva Fincias Alonso**, Lettering **Astarte Design**, **Andrea Renzoni**, **Walproject**, grafische Gestaltung **Marco Paroli**, **Angelo Costellini**,Art Director **Alessandro Gucciardo**, Redaktion Panini Comics **Annalisa Califano**, **Beatrice Doti**, Prepress **Cristina Bedini**, **Andrea Lusoli**, **Nicola Soressi**, Repro/Packager **Alessandro Nalli** (coordinator), **Mario Da Rin Zanco**, **Valentina Esposito**, **Luca Ficarelli**, **Linda Leporati**. Deutsche Edition bei Panini Verlags-GmbH unter Lizenz von Marvel Characters B.V. Cover von **Olivier Coipel**, *Marvel's Voices: Pride* (2021) 1 Variant-Cover-Edition.

Digitale Ausgaben:
ISBN 978-3-7367-8641-7 (.pdf) / ISBN 978-3-7367-8642-4 (.epub) /
ISBN 978-3-7367-8640-0 (.mobi)

Bibliografische Information der Deutschen Nationalbibliothek
Die Deutsche Nationalbibliothek verzeichnet diese Publikation in der Deutschen Nationalbibliografie; detaillierte bibliografische Daten sind im Internet über dnb.d-nb.de abrufbar.

EINLEITUNG

Müsste man die Hauptmerkmale von Marvel-Comics beschreiben, wären Einfühlungsvermögen und emotionale Beteiligung zwei der ersten Aspekte, die genannt würden. Ausgehend von der Idee der „Superhelden mit Superproblemen" zeichnete sich Stan Lees Universum sofort durch die Analyse der menschlichen Seite seiner Figuren aus. Ganz gleich ob es sich dabei um Götter des Donners, lebende Legenden oder Weltraumkrieger handelte, hatten sie doch alle Probleme mit der Liebe, ein monströses Aussehen, körperliche Beeinträchtigungen verschiedener Art, litten an Einsamkeit oder wegen des Misstrauens ihnen gegenüber oder wurden von der Öffentlichkeit gehasst. Gerade wegen dieses emotionalen Aspekts haben die Marvel-Comics seit 1961 die Welt erobert, nicht nur wegen der herausragenden Storys, sondern auch wegen der psychologischen Verbindung, die zwischen den Leser*innen und den Figuren entstand.

Während sich die Marvel-Comics fast sofort der „Diversity" öffneten und farbige Charaktere mit großer Tiefe und viel Charme in Szene setzten, aber auch eine enorme Bandbreite weiblicher Protagonisten von höchstem Niveau boten, haben sich explizite LGBTQ+- Charaktere erst später durchgesetzt. Für einen jugendlichen Leser wie mich damals, der homosexuell war und nach Vorbildern und Bezugspunkten suchte, gab es keine Held*innen, mit deren Orientierung ich mich hätte identifizieren können, aber das spielte nur bedingt eine Rolle, denn die Metapher der Vielfalt war in den Marvel-Comics so präsent (vom Ding über den Hulk bis hin zu den Mutanten ...), dass man sich sofort in den am meisten gepeinigten Held*innen wiederfand, die nicht nur gegen die jeweiligen Verbrecher jener Zeit kämpfen mussten, sondern auch gegen die Engstirnigkeit und Diskriminierung derjenigen, die „das Andere" nicht akzeptierten.

Mehrere Generationen lang waren vor allem die X-Men die Vertreter der Vielfalt schlechthin, und wir haben uns mit ihnen identifiziert, und zwar für jede erdenkliche Andersartigkeit von uns, sei es die Orientierung oder das Geschlecht oder das Aussehen oder sogar die soziale/kulturelle Herkunft (man denke nur an die Zeit, als die Geeks nicht die Weltwirtschaft beherrschten, sondern junge gesellschaftliche Parias waren). Für diejenigen, die sich an *God Loves, Man Kills* erinnern, ist die Botschaft dieser legendären Geschichte (übrigens die erste, die ich als professioneller Übersetzer ins Italienische übertragen habe) unbestreitbar eine Botschaft gegen jegliche Art der Diskriminierung und gegen alle Verbrechen aus Hass. Und noch heute halte ich es für eines der wichtigsten Kapitel in der Geschichte von Marvel.

In den 1980er-Jahren tauchten dann die ersten halb offiziellen LGBTQ+-Figuren auf. Von Northstar von Alpha Flight über Captain Americas Freund Arnie Roth bis hin zu Mystique und ihrer Beziehung zu Destiny. Es waren Figuren, deren Orientierung verborgen und doch offenkundig war, in einer Zeit, in der die strengen Vorgaben des Comics Code kaum Platz für ein offizielles Coming-out ließen.

Als 1992 endlich das erste offizielle Coming-out stattfand (das von Northstar natürlich, das auch in diesem Band nachzulesen ist), ward die Büchse der Pandora geöffnet, und in den drei Jahrzehnten, die seitdem vergangen sind, haben sich wichtige Figuren als lesbisch, homosexuell oder bisexuell geoutet, es erschienen Trans-Charaktere, mindestens zwei Homo-Ehen wurden geschlossen, und die persönlichen Lebenswege dieser Charaktere haben sich mit einigen der größten Marvel-Ereignisse der letzten Zeit überschnitten, von *Empyre* bis *Inferno* und darüber hinaus.

Dieser Band enthält nicht nur einige der berühmtesten LGBTQ+-Geschichten von Marvel, sondern auch eine reiche Auswahl an unveröffentlichten Abenteuern, die mehr oder weniger bekannten LGBTQ+-Figuren gewidmet sind, die ihre Geschichte in intensiven und feinfühligen Illustrationen ausbauen, von denen einige sogar ziemlich didaktisch für diejenigen sind, die die Bedeutung jedes einzelnen Buchstabens des LGBTQ+-Akronyms nicht kennen (wunderbar in diesem Sinne ist übrigens die Geschichte mit Titania gegen eine She-Hulk, die anders ist als die, die wir kennen).

Es ist eine Ehre und in gewisser Weise unglaublich, fast 50 Jahre nach der Lektüre meines ersten Marvel-Hefts, 36 Jahre nach meiner Übersetzung von *God Loves, Man Kills*, 35 Jahre nach meinem Coming-out und 30 Jahre nach dem von Northstar hier zu sein, um einen Band zu präsentieren, der so unerwartet wie notwendig ist: Der Marco von damals hätte sich nie vorstellen können, eines Tages hier zu sein, diese Worte zu schreiben und diese Geschichten vorzustellen, die zu jener Zeit noch unvorstellbar waren.

Aber wir leben in einer Welt der Wunder, und wir sollten sie in vollen Zügen genießen, mit Freude, mit Liebe, mit Dankbarkeit und mit Stolz.

Viel Spaß beim Lesen!

Marco M. Lupoi

Marvel's Voices: Pride (2021) 1
Cover von **LUCIANO VECCHIO**

ICH BIN SCHWUL!
JEDER ERINNERT SICH AN DIESEN MOMENT. EIN MEILENSTEIN.
NORTHSTAR WAR DER ERSTE SUPERHELD MIT ÖFFENTLICHEM COMING-OUT. SEIN STATEMENT LIESS DIE MENSCHEN AUFHORCHEN, ENTFACHTE DISKUSSIONEN UND INSPIRIERTE VIELE ...
NATÜRLICH WAR ER NICHT DER ERSTE.
MEIN NAME IST PRODIGY. WISSEN UND ERINNERUNGEN SIND VOLL MEIN DING.
ICH STELLE DIESE CHRONIK DER LGBTQ+-GESCHICHTE IN DER SUPERHELDEN-COMMUNITY ZUSAMMEN, DAMIT DIE VAGEN, SCHWER AUFFINDBAREN BAUSTEINE UNSERER GEMEINSAMEN KULTUR FEST-GEHALTEN WERDEN.
EINLEITUNG
Luciano Vecchio - Story & Zeichnungen
Mike O'Sullivan - Recherche
UNSERE FRÜHESTE FUNDSTELLE STAMMT AUS DER STEINZEIT, ALS DER VERSTOSSENE HÖHLENMENSCH VNN DIE KRÄFTE VON STARBRAND EMPFING.
SUPERWESEN WIE HERCULES UND RÜNA DIE WALKÜRE WAREN BEREITS IN GRAUER VORZEIT PRÄSENT.
RAWHIDE KID SORGTE FÜR WIRBEL ALS ERSTER SCHWULER COWBOY IM WILDEN WESTEN. EIN PIONIER DER BESONDEREN ART.
WIE ES SELBST HEUTE NOCH VIELEN PASSIERT, FIEL DER SANFTE GRAYMALKIN IM 18. JAHRHUNDERT DEM HASS ZUM OPFER. LEBENDIG BEGRABEN, ÜBERDAUERTE ER ALLEIN DANK SEINER MUTATION UND WURDE ZUR LEGENDE.
UNION JACK UND DESTROYER KÄMPFTEN ALS LIEBESPAAR SEITE AN SEITE IM 2. WELTKRIEG.
MYSTIQUE UND DESTINY GEHEN SEHR DISKRET MIT DETAILS UM, WIE UND WANN IHRE GEMEINSAME GESCHICHTE BEGANN. UMSO MEHR LEIDENSCHAFT ZEICHNET IHRE UNSTERBLICHE LIEBE AUS.
UND VERGESSEN WIR NICHT, WIE UNSER INBEGRIFF DES HELDENTUMS, CAPTAIN AMERICA, SEINEM FREUND AUS KINDHEITSTAGEN, ARNIE ROTH, IM MOMENT DES TODES MUT ZUSPRACH.
SIE WERDEN DAS, WAS DICH MIT MICHAEL VERBAND, NICHT DURCH LÜGEN ZERSTÖREN. HÖRST DU, ARNIE?

VON WIE VIELEN WERDEN WIR ES NIE ERFAHREN?
WIE VIELE WAREN GEZWUNGEN, DARÜBER ZU SCHWEIGEN?
NORTHSTARS VORBILD HAT ZUMINDEST ETLICHEN DEN WEG GEEBNET.
MAL DISKRET, MAL MUTIG, MAL IRGENDWAS DAZWISCHEN.
WICCAN UND HULKLING SORGTEN FÜR EINE NEUE WELLE VON SICHTBARKEIT UND AKZEPTANZ.
DIE GRENZENLOSE LIEBE DIESER BEIDEN NERDS INSPIRIERTE VIELE, MICH EINGESCHLOSSEN.
WENN DAS, WAS UNS AUSMACHT, NUR ZWISCHEN DEN ZEILEN STATTFINDET, KANN EIN SIMPLER SICHTBARER KUSS BEREITS GESCHICHTE SCHREIBEN.
UNSERE BEGEGNUNGEN MIT AUSSERIRDISCHEN UND KREATUREN AUS FREMDEN WELTEN HABEN IM LAUF DER ZEIT STARRE KONZEPTE VON GESCHLECHT UND SEXUALITÄT AUFGEWEICHT.
DER FALL VON ANGELAS SEELENFREUNDIN SERA ZEIGT, DASS SELBST HIMMLISCHE ERSCHEINUNGEN DIE ÄUSSERST MENSCHLICHE ERFAHRUNG TEILEN, HÜRDEN ÜBERWINDEN ZU MÜSSEN, UM IHR WAHRES ICH ZU OFFENBAREN.

NORTHSTAR HEIRATETE SEINEN LANGJÄHRIGEN PARTNER, KYLE JINADU. EIN FEIERTAG NICHT NUR FÜR IHRE LIEBE, SONDERN EIN SIEG IM KAMPF UM EHELICHE GLEICHSTELLUNG.
AMERICA KÄMPFT STOLZ FÜR DAS ERBE IHRER ZWEI MÜTTER.
UND ALS WIR DIE YOUNG AVENGERS GRÜNDETEN, FAND ICH DEN MUT, MICH VOR DEN ANDEREN ALS BI ZU OUTEN.
EHER ZUFÄLLIG WURDEN WIR ZUM ERSTEN ÜBERWIEGEND QUEEREN SUPERTEAM.
NORTHSTAR UND ICH SIND KEINE AUSNAHME. DIE BELANGE VON MUTANTEN UND NICHT-HETEROS ÜBERSCHNEIDEN SICH HÄUFIG.
ALS ICEMAN AUS DEM GRÜNDUNGS-TEAM DER X-MEN SEIN COMING-OUT HATTE, BOT SICH IHM DIE SELTENE GELEGENHEIT, ERFAHRUNGEN MIT SEINEM IN DER ZEIT GESTRANDE-TEN JÜNGEREN ICH ZU TEILEN.
MEINE AUFGABE WIRD SCHWIERIGER, JE WEITER ICH MICH DER GEGENWART NÄHERE.
ES SPIELT SICH DEUTLICH MEHR VOR ALLER AUGEN AB. INZWISCHEN WILL JEDER SEINE EIGENEN ERFAHRUNGEN TEILEN UND GEWÜRDIGT SEHEN.
SO VIELE MOMENTE, KLEINE UND GROSSE, DIE ANERKENNUNG VERDIENEN.
UNSERE GESCHICHTE FÜGT SICH AUS SOLCHEN MOMENTEN ZUSAMMEN.

MOMENTEN DER LIEBE.
MOMENTEN DER FREUNDSCHAFT UND AUFLEHNUNG.
WIR WEHREN UNS!
DER LEIDENSCHAFT IN DER HITZE DES GEFECHTS.
DEM EINSATZ FÜR GERECHTIGKEIT UND WIEDERGUTMACHUNG.
ICH WILL MEINE FRAU!
UND DER EWIGEN TREUE.
NUR WER VERGANGENES EHRT, KANN DIE GEGENWART WÜRDIGEN.
VERGANGENES ZU SCHÄTZEN, LÄSST UNS VON DER ZUKUNFT TRÄUMEN.
UND EINS STEHT FEST.
DENK-SCHNELL!
ES WIRD IMMER BESSER.
DER ANFANG

„GELÜBDE"
„EHEGELÜBDE IN EINER WELT ZU VERFASSEN, DIE JEDEN MOMENT UNTERGEHEN KÖNNTE, FORDERT DAS SCHICKSAL HERAUS.
„DOCH IN ANBETRACHT VON SEUCHEN, BRÄNDEN, FLUTEN UND FURCHT IST ES VERMUTLICH DAS EINZIG VERNÜNFTIGE, ANDEREN LIEBE, TREUE UND SCHUTZ ZU VERSPRECHEN.
„DAHER GELOBE ICH, DICH ZU LIEBEN, ZU EHREN UND ZU BESCHÜTZEN. DIR GEGENÜBER EHRLICH, AUFRICHTIG UND IMMER ICH SELBST ZU SEIN. WAS BEDEUTET, DASS ICH STÄNDIG GRÜBLE, VIEL ZU VIEL QUATSCHE UND DICH DAMIT IN DEN WAHNSINN TREIBE.
„NUN, DAS BIST DU JA INZWISCHEN GEWÖHNT.
„ICH GELOBE, DARAN ZU DENKEN, DASS DU NICHT MIR GEHÖRST. ALSO NICHT NUR MIR. DASS DU DEM UNIVERSUM GEHÖRST UND ICH NICHT SELBSTSÜCHTIG SEIN DARF, OBWOHL ICH ES INSGEHEIM BIN.
„ICH GELOBE, VON DIR ZU LERNEN UND MICH INSPIRIEREN ZU LASSEN ... UM DICH WIRKLICH ZU VERDIENEN.
„UND ICH GELOBE, DIESES GELÜBDE TÄGLICH ZU ERNEUERN.
„DAS SCHWÖRE ICH NICHT NUR DIR, SONDERN JEDEM, DEN WIR KENNEN UND LIEBEN ... UNSEREN ELTERN, FREUNDEN, MENTOREN UND TEAMKOLLEGEN IM GESAMTEN MULTIVERSE, DIE UNSERE ERWEITERTE FAMILIE BILDEN.
„WENN MAN JUNG IST, SO WIE ICH, VERBRINGT MAN VIEL ZEIT ... EIGENTLICH DIE GANZE ZEIT ... MIT DER FRAGE, WER MAN IST. WO MAN HINGEHÖRT. WAS MAN ERREICHEN WILL.
„DAS IST BESONDERS SCHWIERIG, WENN MAN HERAUSFINDET, DASS MAN EIN GESTALTWANDLER IST, HALB KREE, HALB SKRULL, UND ALLES, WAS MAN ÜBER SICH ZU WISSEN GLAUBTE, EINE LÜGE WAR.
„NICHTS DAVON IST WICHTIG, WENN ICH IN DEINER NÄHE BIN.
„WENN WIR ZUSAMMEN SIND, BIN ICH NICHT TEDDY ODER HULKLING ODER DORREK VIII, SONDERN NUR ICH.
„ICH MUSS MICH NICHT FRAGEN. ICH MUSS GAR NICHT ÜBER MICH NACHDENKEN.
„FÜR MICH IST ES DAS BESTE DARAN, EIN SUPERHELD ZU SEIN.
„ICH LERNTE ES VON DIR.
„DU DENKST NUR SELTEN AN DICH ODER AN DEINE AUFGABE, WEIL DU LÄNGST WEISST, WAS DEIN ZIEL IST:
„ANDERE ZU LIEBEN UND IHNEN ZU DIENEN.
„ICH GELOBE, DICH VON GANZEM HERZEN ZU LIEBEN. MIT ALLEM, WAS ICH BIN UND JEMALS SEIN WERDE.
„WAS NICHTS IST IM VERGLEICH DAZU, WIE DU MICH LIEBST."
„DAHER GELOBE ICH, SPÄTER MEHR WIE BILLY KAPLAN ZU SEIN.
„ZU LIEBEN UND ZU DIENEN.
„DAMIT ANDERE FÜHLEN, WAS ICH AN DEINER SEITE FÜHLE."
Allan Heinberg - Story Jim Cheung - Zeichnungen Marcelo Maiolo - Farben

Mariko Tamaki - Story Kris Anka - Zeichnungen Tamra Bonvillain - Farben

* XIER = ANREDE FÜR NON-BINÄRE PERSONEN.
** AUSVERKAUFT

NA ...
PLAN B?
NUN, ICH WÜRDE ERZÄHLEN, DASS WIR UNS UNTER AUSSERGEWÖHNLICHEN UMSTÄNDEN TRAFEN.
EH DIE BESTE ART, EINE AUSSERGEWÖHNLICHE PERSON ZU TREFFEN.
HÖRT SICH GUT AN.
ICH WÜRDE NICHTS DRAN ÄNDERN WOLLEN.
OKAY, BIS AUF DIE ECHT BRUTALEN TEILE.
LOGISCH.
ENDE

New York
VERDAMMT. ICH WEISS, DASS GAMMA FLIGHT MICH BRAUCHT, ABER ERST-- WARTE.
HA! ENDLICH!
„Jeden Tag etwas Neues“
Lilah Sturges - Story Derek Charm - Zeichnungen Brittany Peer - Farben
Dr. Charlene McGowan
ICH HAB'S GEFUNDEN! BIN BALD BEI EUCH, PUCK.
ICH HOFF'S.
DU GEHST NIRGENDSHIN ...
... UND DAS EINZIGE, WAS MAN HIER FINDEN KANN, IST LEID.
Elektra Natchios alias Daredevil
WARTE! ICH VERSPRECH DIR, ICH WERD NICHTS FALSCHES TUN.
NICHT HIER. NIE MEHR.
ACH NEIN? DIES WAR EIN METAGEN-LABOR UNTER FISKS REGIE, ALS ER NOCH KINGPIN WAR.* ALLES AN DIESEM ORT IST FALSCH, AUCH DIESE ...
* IN BRUCE BANNER: HULK 7-- ALEX.
... PROGESTERON-SYNTHESE MITTELS KÜNSTLICHER SYNZYTIOTROPHOBLASTEN?
WAS HAT DAS MIT MUTANTEN-WACHSTUMSHORMONEN ZU TUN?
NICHTS. DAS VERSUCHE ICH DIR JA ZU ERKLÄREN.
DAS IST MEINE PERSÖNLICHE FORSCHUNG. ICH WILL TRANSFRAUEN HELFEN, EIGENE HORMONE ZU PRODUZIEREN, DAMIT SIE NICHT STÄNDIG PILLEN NEHMEN MÜSSEN.
TRANSFRAUEN WIE ICH.
GIBST DU ES MIR BITTE ZURÜCK?
ZEIT FÜR DEN BEAT!
WAS ZUM %$&?

ICH BIN BLUE STREAK, MEIN GROOVE IST LEGENDE ...
... MACHT ALLE MIT, ZEIGT MIR EURE HÄNDE ...
... MEINE FAST FIVE-CREW IST NICHT LEICHT ZU HABEN ...
... TREU SO TIEF WIE DER MARIANEN-GRABEN.
YEAH! YEAH! YEAH!
WIR HÖRTEN, HIER GÄB'S GUTEN MUTIE-GEN-DOPE. HER DAMIT, SONST ZIEHEN WIR NICHT AB.
DER WUR-DE LÄNGST AB-TRANSPORTIERT. SORRY.
ZISCH AB ...
... ROLLSCHUH-MANN.
ICH HALT EUCH LADY DAREDEVIL VOM LEIB ...
... UND IHR SUCHT NACH DEM ZEUG.
SO GLAUBT MIR DOCH. ES IST NICHTS MEHR DA.
SCHAUT ÜBERALL. SI-CHER GUT VER-STECKT.
PUH, DER TYP SCHALTET AUF DURCHZUG UND HÖRT NICHT ZU.
WILLKOMMEN ALS FRAU.
DIR IST SCHON BEWUSST, DASS DU EINE TRANSFRAU MIT EINER SOL-CHEN BEMERKUNG BELEI-DIGST?
DAS UNTERSTELLT, DASS WIR VOR DER GE-SCHLECHTSUMWANDLUNG KEINE „ECHTEN“ FRAUEN SIND.
TUT MIR LEID! DAS WAR MIR NICHT BEWUSST.

HEY, STARLIGHT EXPRESS! WEISST DU, WAS GANZ ÜBEL FÜR DEINE KUGELLAGER IST?
INDUSTRIE-REINIGER. DER BLOCKIERT SIE ECHT.
UFF!
!!#%!*%
HEY, MEINE COUSINE IST TRANS! KENNST DU SIE?
SIE IST @GENDERAMA!!!1989 BEI INSTA.
TRANSLEUTE KENNEN SICH NICHT ALLE, @#$%&LOCH!
Am Abend
DU HÄTTEST MIR ECHT KEINEN DRINK SPENDIEREN MÜSSEN.
DAS WAR JA WOHL DAS MINDESTE, CHARLENE. ICH HAB DICH BELEIDIGT, WENN AUCH UNABSICHTLICH.
DU HAST MICH AUFGEKLÄRT. ZUM GLÜCK.
BZZZT
G
@Genderama!!!1989
HEUTE 17:14 UHR
Hey, du hast mir nie erzählt, dass dein Cousin ein SCHURKE ist.
Wer, „Redline"? OMG, er heißt RANDY und ist SO ein Loser.
ALLES OKAY?
HM? JEP! BESTENS!
ENDE

„DIE FESTUNG.“ EIN VON DER REGIERUNG BETRIEBENES MEDIZINISCHES EXPERIMENTALLABOR.
HIER SIND MAL SCHLIMME DINGE PASSIERT.
SEHR, SEHR SCHLIMM.
Leah Williams - Story
Jan Bazaldua - Zeichnungen
Erick Arciniega - Farben
ICH BIN HIER, UM DATEN ÜBER EINE FRÜHERE ANGESTELLTE ZU SAMMELN ... EINE FRAU, DIE SICH SELBST STEEL RAVEN NENNT.
„Dieser schwarzen Katze sollte man auf jeden Fall Vorfahrt gewähren“
NORMALERWEISE WÜRDE ICH MEINE ZEIT NICHT DAMIT VERSCHWENDEN, EINE ZWEITKLASSIGE KOSTÜMIERTE AUSZUKUNDSCHAFTEN, ABER STEEL RAVEN HAT SICH BEI EINER REIHE VON SCHLAMPIGEN RAUB- UND BANKÜBERFÄLLEN ALS BLACK CAT AUSGEGEBEN. ICH WILL DEN GRUND HERAUSFINDEN.
DABEI UNTERSCHEIDEN WIR UNS DEUTLICH.
DIE HAARE:
IHRE SIND SPLISSIG UND GEFÄRBT. MEIN NATÜRLICHES PLATINBLOND IST DAGEGEN EIN GENETISCHER JACKPOT.
DIE MASKE:
MEINE IST MASSGESCHNEIDERT UND PASST SICH PERFEKT AN DIE GESICHTSZÜGE AN. IHRE KOMMT DIREKT VOM WÜHLTISCH AUS EINEM HALLOWEEN-DEKOLADEN.
DIE METHODEN:
SEHT IHR, WIE SCHLAMPIG SIE ARBEITET? SIE LÄSST SICH VON DEN ÜBERWACHUNGSKAMERAS FILMEN, HINTERLÄSST EINE GELDSPUR ... ICH DAGEGEN BIN VOLLPROFI.

ELEGANT WIE EINE KATZE. DESHALB BIN ICH EBEN AUCH DAS ORIGINAL.
SIE LÄSST MICH *SCHLECHT* AUSSEHEN. ICH HAB *GENUG* VON LEUTEN, DIE MICH IMITIEREN. SIE MÜSSEN DOCH MERKEN, DASS ICH EINZIGARTIG BIN.
MEINE SINNE REAGIEREN ÜBER. JEDER INSTINKT DRÄNGT MICH ZUR FLUCHT.
TYPISCHE SCHWINGUNGEN, WENN ES IRGENDWO SPUKT ... DIE ÜBERNATÜRLICHEN ERSCHEINUNGEN WOLLEN DICH *VERTREIBEN*.
IN DIESEM FALL JEDOCH ...
TEK
... PASST DAS GANZE NICHT SO RECHT ZUSAMMEN.
DANKE, ELEKTROMAGNETISCHE LINSEN. *DAMIT* HAT IHRE POLYESTER-DURCHLAUCHTHEIT SICHER NICHT GERECHNET.

DU!
AAAAH!
WIESO SCHLÜPFST DU IN MEINE ROLLE, STEEL RAVEN?!
BRING MICH BITTE NICHT UM! BITTE! ICH ... ICH BIN NICHT STEEL RAVEN!
NUR EIN EMPATHI-SCHER META-MORPH!
SIEHST DU? ICH PASSE MICH OPTISCH MEINEN MITMEN-SCHEN AN. ICH WOLL-TE MICH NICHT ALS DU AUSGEBEN!
ICH BIN HIER, UM RAUSZUFINDEN, WAS STEEL RAVEN VOR-HAT. WOLLTE ... WOLLTE SIE DICH DENN AUCH ZERSTÖREN?
NUR MEINEN GUTEN RUF.
ÄHM ... ICH BESCHWER MICH JA NICHT ÜBER DIE AUS-SICHT, ABER ...
... WIE WÄR'S, WENN DU VON MIR RUNTERGEHST? IMMERHIN BIN ICH JA KEINE BEDRO-HUNG.
HA HA ... OKAY.

MEINE KRÄFTE HABEN WOHL AUCH ZU DEINER EXTREM ÄNGSTLICHEN REAKTION GEFÜHRT?
TUT MIR LEID. ICH DACHTE, DU WÄRST SIE.
DAS HÖR ICH IN LETZTER ZEIT OFT. WAS GENAU WILL STEEL RAVEN VON DIR?
GUTE FRAGE. UM DAS RAUSZUFINDEN, BIN ICH HIER. SIE HAT ES NICHT ZUM ERSTEN MAL AUF MICH ABGESEHEN.* WENN ICH RATEN MÜSSTE, WÜRD ICH SAGEN, ES HAT MIT DEN WACHSENDEM EINFLUSS DER MUTANTEN UND MEINEM UMZUG NACH KRAKOA ZU TUN.
WARTE, DU BIST MUTANTIN?
JA. ÜBERRASCHT DICH DAS?
* JESSIE OUTETE SICH DAMALS ALS ERSTER TRANSGENDER-CHARAKTER BEI MARVEL-- ALEX.
ICH DACHTE, DU LÄUFST IM MOMENT MIT TROPISCHEN BLUMENKRONEN UND HAWAIIANISCHEN KRÄNZEN IN FLIP-FLOPS AM STRAND RUM.
BIST DU ENTTÄUSCHT?
NEIN, NICHTS AN DIR IST ENTTÄUSCHEND ...
EGAL. HAST DU DENN SCHON WAS SPANNENDES ENTDECKT?
NUR EIN PAAR ALTE PATIENTENAKTEN. SIE KÖNNTEN HINWEISE ENTHALTEN, ABER DAS PAPIER IST SCHON STARK VERWITTERT.
ICH WERD DIR ALLES ZEIGEN. MEINE KRÄFTE VERRATEN MIR, DASS DU ES EHRLICH MEINST.
SONST ALLES OKAY? ICH HAB DIR KEINE RIPPE GEBROCHEN, ALS ICH HALB AUF DIR LAG, ODER?
WAS? NEIN, ALLES GUT. ICH VERBINDE BLOSS SCHLECHTE ERINNERUNGEN MIT DIESEM ORT.
DU WARST HIER, ALS--
ALS DIE LABORE GENUTZT WURDEN, UM MUTANTEN UND ANDERE MIT SUPERKRÄFTEN ZU QUÄLEN?
GANZ GENAU.
ICH WAR NOCH EIN KIND. WITZIGE GESCHICHTE ... HIER BIN ICH STEEL RAVEN ZUM ERSTEN MAL BEGEGNET. SIE WURDE ANGEHEUERT, UM MICH ZURÜCKZUBRINGEN, ALS ICH MAL AUSBÜCHSEN WOLLTE.
ICH WURDE SOFORT ERWISCHT UND WEITER MIT ENDLOSEN, SCHMERZHAFTEN EXPERIMENTEN GEQUÄLT.
UNTER WITZIG VERSTEH ICH WAS ANDERES.
SORRY.
GUT. DANN SORGEN WIR MAL DAFÜR, DASS DU KÜNFTIG WAS POSITIVES MIT DIESEM ORT VERBINDEST, OKAY?

BOOM!
ÜBRIGENS BIN ICH BLACK CAT.
UND ICH HEISSE JESSIE DRAKE. FREUT MICH SEHR.
STEEL RAVEN SCHLÄGT ALSO NUR ZU, WENN SIE JEMAND GEZIELT FÜR EINEN JOB ANHEUERT?
GENAU. WIESO?
WEIL DAS BEDEUTET, DASS JEMAND SIE ANGEHEUERT HAT, UM MICH SCHLECHT AUSSEHEN ZU LASSEN.
SIEHT AUS, ALS OB WIR EINEN GEMEINSAMEN FEIND HÄTTEN.
WAS HÄLTST DU VON EINER ZUSAMMENARBEIT? WIR FINDEN SIE UND KITZELN ANTWORTEN AUS IHR RAUS. EIN EMPATHISCHER METAMORPH KÖNNTE DA IN MEHRFACHER HINSICHT EXTREM NÜTZLICH SEIN.
MAGST DU ITALIENISCHES ESSEN?
SAG MAL, BITTEST DU MICH GERADE UM EIN DATE, ODER WILLST DU NUR, DASS ICH DIR HELFE, DICH ZU RÄCHEN, UND VORHER WAS LECKERES FUTTERN?
HM. DAS ENTSCHEIDEN WIR, WENN ES SO WEIT IST.
GUT. AUF ZUM ITALIENER.
ENDE?!

Crystal Frasier - Story Jethro Morales - Zeichnungen Rachelle Rosenberg - Farben

PUH, DAS IST ÜBEL.
TITANIA!
HEY, JENNY.
SCHLIMM GENUG, DASS DU CRUSHER FÜR DEN JUWELENRAUB HOCHNIMMST ...
BLEIB GANZ COOL, JEN.
... ABER DANN WILLST DU IHN NICHT MAL ALS ANWÄLTIN VERTRETEN?!
NA HÖR MAL!
DAS IST EIN GLASKLARER INTERESSENSKONFLIKT!
DAS WAR UNCOOL, JEN.
KONFLIKT KANNST DU HABEN!
DENK NACH, DENK NACH ...
SPLRT
OKAY, NEW YORK IST DOCH NICHT SO TOLL.

BOSTON SOLL NETT SEIN.
ODER PHILLY.
OH GOTT, ICH WERD STERBEN UND DENK HIER ÜBER UMZÜGE NA–
DU BIST IM WEG, INTERNER MONOLOG!
GK!
SORRY?
JA, DAS ...
... WIRST DU BEREUEN, JENNIFER WALTERS!
HRRS--
WAS?
N-NEIN. ICH BIN JENNIFER HARRIS ...

* WILLKOMMEN IM COSCON-CAFÉ. TESTET UNSEREN UATU-MEGALATTE!

UND JETZT VERRAT MIR ...
... WIESO SITZT DU IN DER M-LINE, PERFEKT ALS KLEINE SHE-HULK GESCHMINKT?
SCHAU DICH DOCH UM. HIER FINDET GERADE EINE HELDEN-CONVENTION STATT.
JEDER VERKLEIDET SICH ALS LIEBLINGS-SUPERHELD.
WOW! SIE SIEHT AUS WIE DIE ECHTE TITANIA!
MEIN KOSTÜM WURDE ERST HEUTE MORGEN FERTIG. GANZ EHRLICH?
„ICH WOLLTE DAMIT RUMLAUFEN UND MICH ‚SUPER' FÜHLEN.
TISSUE
„ICH KAM MIR SO STARK VOR!
„SOUVERÄN.
„BILDSCHÖN.
„ABSOLUT UNVERWUNDBAR."
HRPPKKSSS!

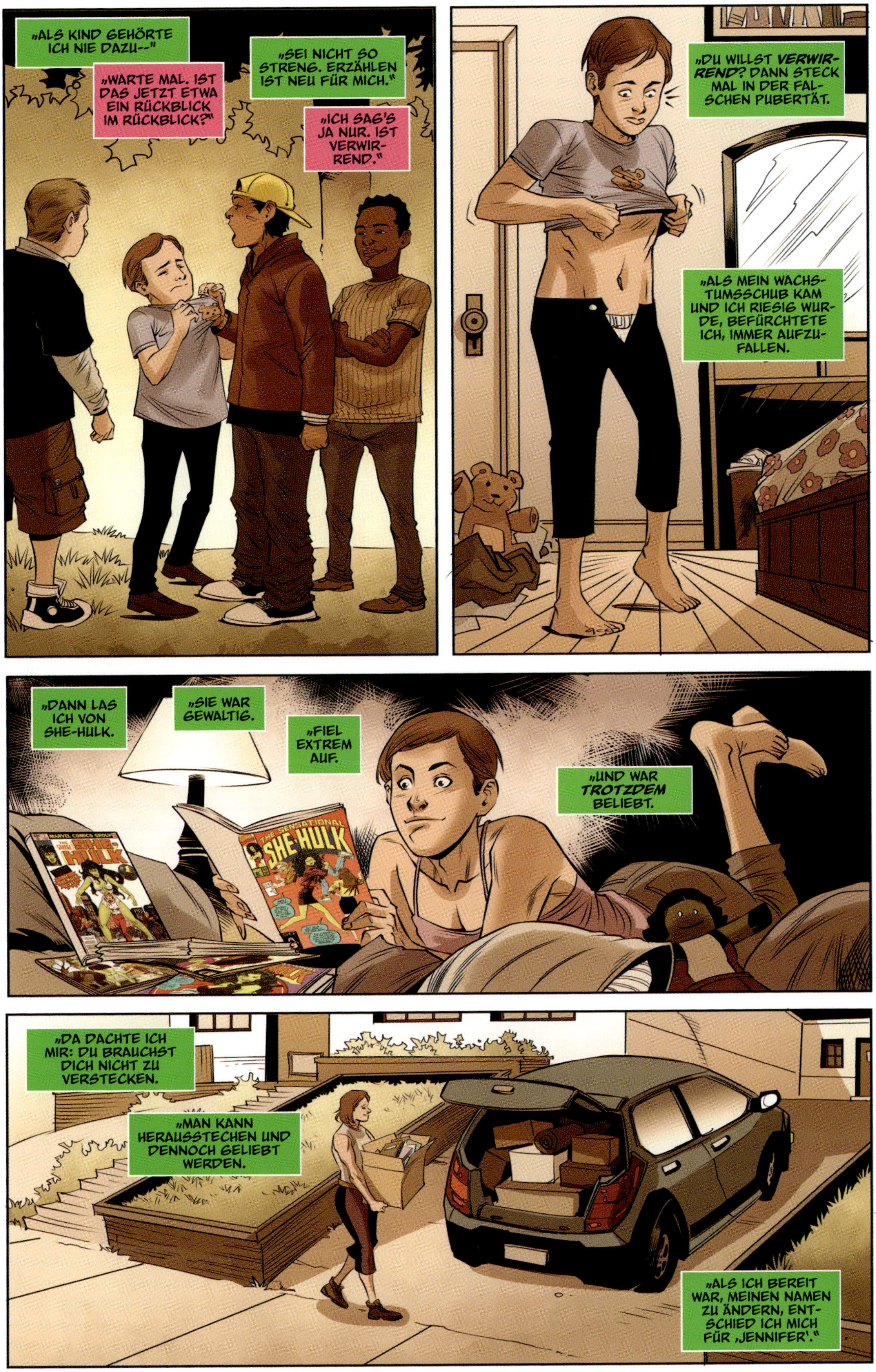
„ALS KIND GEHÖRTE ICH NIE DAZU--"
„WARTE MAL. IST DAS JETZT ETWA EIN RÜCKBLICK IM RÜCKBLICK?"
„SEI NICHT SO STRENG. ERZÄHLEN IST NEU FÜR MICH."
„ICH SAG'S JA NUR. IST VERWIR-REND."
„DU WILLST *VERWIR-REND*? DANN STECK MAL IN DER FAL-SCHEN PUBERTÄT.
„ALS MEIN WACHS-TUMSSCHUB KAM UND ICH RIESIG WUR-DE, BEFÜRCHTETE ICH, IMMER AUFZU-FALLEN.
„DANN LAS ICH VON SHE-HULK.
„SIE WAR GEWALTIG.
„FIEL EXTREM AUF.
„UND WAR *TROTZDEM* BELIEBT.
„DA DACHTE ICH MIR: DU BRAUCHST DICH NICHT ZU VERSTECKEN.
„MAN KANN HERAUSSTECHEN UND DENNOCH GELIEBT WERDEN.
„ALS ICH BEREIT WAR, MEINEN NAMEN ZU ÄNDERN, ENT-SCHIED ICH MICH FÜR ‚JENNIFER'."

HM, HÄTTE ICH DAS MAL GEWUSST, BEVOR ICH DICH ANGEGRIFFEN HABE.
ICH HAB KEIN PROBLEM MIT DEN ... GENDER-LEUTEN. EHRLICH.
NENNT MAN DIE SO?
NEIN.
SCHON OKAY. IST ALLES NICHT SO LEICHT.
NIEMAND IST DIREKT PERFEKT.
BIS AUF SHE-HULK, WIE ES AUSSIEHT.
EIFERSÜCHTIG?
NEIN!
HA, DOCH!
DIE TAFFE TITANIA IST EIFERSÜCHTIG AUF EIN MAUERBLÜMCHEN IM SHE-HULK-KOSTÜM!
HA! HA! HA! HA! HA!
HEY.
SAG MARY ZU MIR.

OKAY, MARY ...
... ZUR NÄCHSTEN CON GEH ICH DEFINITIV ALS TITANIA.
WENN DU MIR NICHT DEN SCHÄDEL ZERQUETSCHST.
DU KRIEGST SOGAR DIE NUMMER VON MEINEM KOSTÜMTYPEN.
ICH MUSS JETZT LOS.
EINEN ANWALT FÜR MEINEN SCHATZ SUCHEN.
ICH GEH HIER NOCH ZU EIN PAAR EVENTS.
HAT SPASS GEMACHT!
ICH HAB NICHT VIELE FREUNDINNEN, ALSO ...
... WENN DU MAL LUST HAST, ZUSAMMENGEFALTET ZU WERDEN, RUF MICH AN.
TCK-CHK
DOING
ICH LIEBE NEW YORK.
MARY?
BIN DABEI.
ACHT PIEPEN KOSTET 'NE TASSE KAFFEE.
UND 'NE FREUNDIN, DIE SICH AUCH SCHRÄG ANZIEHT, GIBT'S GRATIS DAZU.
ENDE

MAG JA SEIN, DASS DU MUTANTEN FÜR KULTURELLE VORREITER HÄLTST, ABER FÜR MICH STELLEN PIZZAS IN NEW YORK DIE KRÖNUNG UNSERER KULTUR DAR!
SIEH DIR DIESE FUSION AUS KÄSE UND TRIEFENDEM FETT AN, OH DAVID ALLEYNE! DAS KÖNNEN KRAKOAS WISSENSCHAFTLER NIEMALS TOPPEN!
TOMMY.
SEIT WANN WEISST DU, DASS DU BI BIST?
ST MARK
BIKE
„Colossus“
Kieron Gillen - Story
Jen Hickman - Zeichnungen
Brittany Peer - Farben
ICH? *BI?!*
ICH HATTE JA KEINE AHNUNG!
TOMMY SHEPHERD!
MIR IST DAS SEHR ERNST.
DAS WEISS ICH.
DU DENKST VIEL ZU VIEL NACH.
DAS WAR NIE EINE GROSSE SACHE FÜR MICH. ICH VERKNALLTE MICH IN ALLE, DIE ICH HEISS FAND, UND DACHTE NICHT ÜBER SCHUBLADEN NACH. EHRLICH GESAGT SIND MIR SCHUBLADEN BIS HEUTE VOLLKOMMEN EGAL.
GENERELL MACH ICH MIR NICHT ZU VIELE GEDANKEN. DAS LEBEN IST VIEL ZU KURZ ZUM GRÜBELN, DU SUPERHIRN.
MANN, ICH WÄR SO GERN WIE DU.
DAS IST GANZ NORMAL.
DIE GANZE WELT WÜNSCHT SICH, SO *WUNDERBAR* WIE TOMMY SHEPHERD ZU SEIN.
OKAY, DAVEY.
LEG LOS.
WIE WAR DAS DAMALS BEI DIR?

„ICH VERBRACHTE DEN GROSSTEIL MEINER PUBERTÄT BEI DEN X-MEN.
„VIELE REDEN DAVON, SICH MAL IN EINEN IHRER LEHRER VERKNALLT ZU HABEN.
„JETZT STELL DIR VOR, DEINE LEHRER SIND *X-MEN*."
OH JA.
RRRRR.
QUATSCH, GANZ FALSCHE FÄHRTE! KLAR, FÜR ERWACHSENE IST DAS EIN BISEXUELLES PARADIES, ABER NICHT FÜR JUGENDLICHE IM HORMONRAUSCH.
STELL DIR VOR, DU MUSST DICH KONZENTRIEREN, WENN *EMMA FROST* DICH UNTERRICHTET.
UND ALS *COLOSSUS* ZUM ERSTEN MAL IN UNSERE KLASSE KAM, DAS WAR--
„AUSGERECHNET *MIR* FEHLTEN DA DIE WORTE."
ICH STÜRZTE MICH ALSO IN *RECHERCHEN*, WEIL FÜR MICH BÜCHER ALLE ANTWORTEN LIEFERN.
EIN FEHLER.

„MANCHE EXPERTEN LEUGNEN BIS HEUTE, DASS ES BI-MÄNNER GIBT.
„IN EINER STUDIE STAND SOGAR, ALLE BI-MÄNNER WÄREN IN WAHRHEIT HETERO ODER SCHWUL.
„MACHTE ICH MIR ALSO NUR ETWAS VOR UND LEUGNETE?"
DESHALB RATE ICH DRINGEND VOM LESEN AB.
IN DEM FALL GEB ICH DIR RECHT.
HEUTE ERKENNE ICH SOFORT, WIE UNSERIÖS DIESE STUDIE WAR UND DASS SIE IM WIDERSPRUCH ZUM LEBENSSTIL VIELER MENSCHEN STAND ...
... NUR AHNTE ICH DAMALS NICHTS DAVON.
PURES GIFT.
„ICH WOLLTE GEWISSHEIT HABEN. UND DA ICH MÄDCHEN MOCHTE ...
„... MUSSTE ICH HETERO SEIN.
„ALSO TAT ICH SO.
„ALS BI IST ES ZIEMLICH EINFACH, DIR EINZUREDEN, DASS DU HETEROSEXUELL BIST.
„DU IGNORIERST ALLES, WAS NICHT INS BILD PASST."
EINE WEILE GING ES GUT.
ICH FRAGE MICH, WIE LANGE DIESE „WEILE" GEDAUERT HÄTTE, WENN NICHT PASSIERT WÄRE, WAS DANN PASSIERTE.

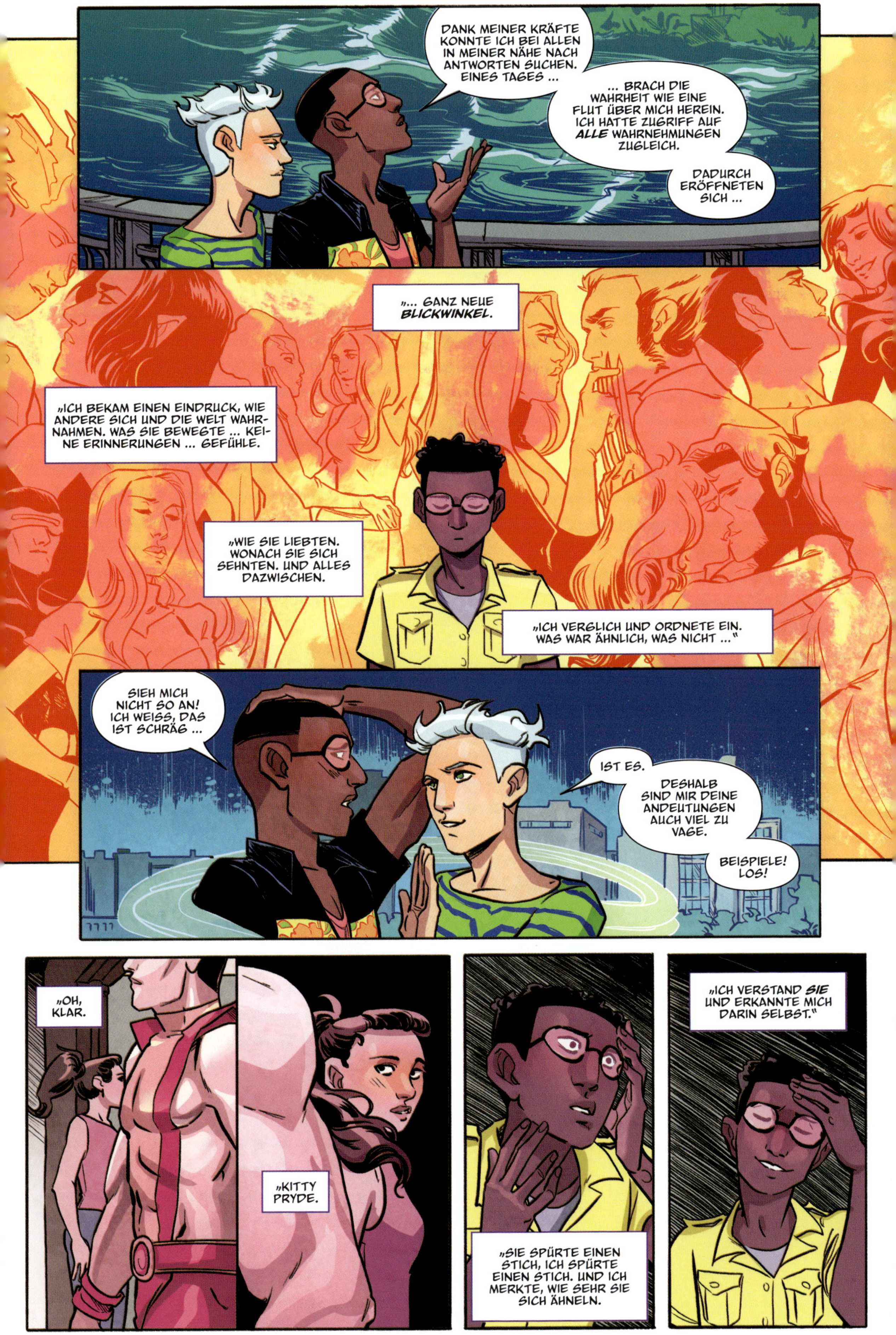

DANK MEINER KRÄFTE KONNTE ICH BEI ALLEN IN MEINER NÄHE NACH ANTWORTEN SUCHEN. EINES TAGES ...
... BRACH DIE WAHRHEIT WIE EINE FLUT ÜBER MICH HEREIN. ICH HATTE ZUGRIFF AUF *ALLE* WAHRNEHMUNGEN ZUGLEICH.
DADURCH ERÖFFNETEN SICH ...
„... GANZ NEUE **BLICKWINKEL**.
„ICH BEKAM EINEN EINDRUCK, WIE ANDERE SICH UND DIE WELT WAHRNAHMEN. WAS SIE BEWEGTE ... KEINE ERINNERUNGEN ... GEFÜHLE.
„WIE SIE LIEBTEN. WONACH SIE SICH SEHNTEN. UND ALLES DAZWISCHEN.
„ICH VERGLICH UND ORDNETE EIN. WAS WAR ÄHNLICH, WAS NICHT ..."
SIEH MICH NICHT SO AN! ICH WEISS, DAS IST SCHRÄG ...
IST ES.
DESHALB SIND MIR DEINE ANDEUTUNGEN AUCH VIEL ZU VAGE.
BEISPIELE! LOS!
„OH, KLAR.
„KITTY PRYDE.
„SIE SPÜRTE EINEN STICH, ICH SPÜRTE EINEN STICH. UND ICH MERKTE, WIE SEHR SIE SICH ÄHNELN.
„ICH VERSTAND *SIE* UND ERKANNTE MICH DARIN SELBST."

WARUM NENNST DU IHN „COLOSSUS"? VOLL SCHRÄG.
ER HAT 'NEN RICHTIGEN NAMEN. IVANOV RUSSIANOV ODER SO ÄHNLICH, STIMMT'S?
KLAPPE. ICH KAPIER'S JA.
ICH HAB SO EIN GLÜCK. WIE GUT, DASS ES NOCH ANDERE GIBT, SONST WÄREN WIR GANZ ALLEIN.
WER WEISS, WIE VIELE JAHRE ICH GEBRAUCHT HÄTTE, ES ZU KAPIEREN, OHNE DIESEN EINEN MOMENT.
JEP.
DU BIST KLUG, ABER SCHWER VON BEGRIFF.
ICH HOFFE, FÜR DIE NÄCHSTE GENERATION WIRD'S LEICHTER.
ALS MUTANT HAB ICH MIR EINEN ECHTEN NAMEN GEMACHT, ABER ALS *SCHWULER* SO ÜBERHAUPT NICHT.
JETZT HAST DU BEIDES.
KEINE SORGE, DAVEY.
IST COOL, DASS DU MIR VON DEINER GRUSELIGEN COLOSSUS-SCHWÄRMEREI ERZÄHLT HAST. ICH KENNE NATÜRLICH AUCH DEN GRUND.
DANKE, TOMMY.
DU WILLST, DASS ICH MIR MEHR MUCKIS ANTRAINIERE. SORRY ...
NÖ.
ENDE

Grüne Lagune, Krakoa
Victor Borkowski alias Anole
„Schwulenmutti“
WIE SIEHT'S AUS, GRAY? NOCH EINEN?
Jonas Graymalkin
KLINGT VERLOCKEND. SOLLTE DANN ABER AUCH MEIN LETZTER SEIN. DIESE TANZPARTY HAB ICH GEBRAUCHT, EINEN VIERTEN DRINK EHER NICHT.
DIE LAGE WAR ZULETZT ANGESPANNT. DAS VERGISST MAN LEICHT, WOFÜR WIR KÄMPFEN.
WAS MEINST DU?
DAS HIER. FÜR SO WAS KÄMPFEN WIR, VICTOR.
FÜR DAS RECHT ZU TANZEN UND SICH SO HEFTIG ZU BETRINKEN, DASS MAN MIT DEM SCHLIMMSTEN KATER ALLER ZEITEN AUFWACHT?
FÜR DAS RECHT ZU FEIERN, SICH MIT FREUNDEN UND FAMILIE ZU AMÜSIEREN. LASS DIR DAS VON EINEM SAGEN, DER ZWEI JAHRZEHNTE IM UNTERGRUND WAR: WIR KÄMPFEN, UM SO ZU LEBEN, WIE WIR WOLLEN.
UM UNS SO ZU GEBEN, WIE WIR SIND. SICHER ZU SEIN.

LASS MICH RATEN, JONAS. VICTOR IST MAL WIEDER DEPRI UND IGELT SICH EIN.
SOLLTEN BARKEEPER NICHT CHARMANT SEIN UND VOR ALLEM GUT ZUHÖREN KÖNNEN?
Megan Gwynn alias Pixie
HEY, ICH BIN SEHR CHARMANT, SHADOW KING* UND DIE AUSSEN-SEITER-MUTANTEN WÜR-DEN SONST KAUM SO VIEL ZEIT MIT MIR VERBRINGEN, ODER?
WOBEI ES MICH SCHON AUF-HEITERN WÜRDE, WENN MIR JEMAND BEIM SPÜLEN HILFT.
* DEN KENNT IHR SICHER AUS DEN X-COMICS, ODER? EIN ECHTER „SCHATZ“-- ALEX.
WIR SORGEN UNS HALT UM DICH.
DU SCHEINST DICH DAMIT ABGEFUNDEN HABEN, NIE JEMANDEN KENNEN-ZULERNEN.
WANN HATTEST DU DEIN LETZTES DATE, HM?
EIN DATE? WAS KANN MAN AUF KRAKOA SCHON UN-TERNEHMEN?
ES IST EINE INSEL. WIE WÄR'S MIT EINEM ROMANTISCHEN SPAZIERGANG AM STRAND?
KEINE AHNUNG. ICH LASS MICH MOMENTAN AUF NICHTS EIN, WEIL ICH ANGST HABE, MIR HOFFNUN-GEN ZU MACHEN, UND NACH-HER KOMMT DER TYP MIT MEINEM AUSSEHEN NICHT KLAR.
ICH BIN'S LEID, DASS MÄNNER MICH SPANNEND FINDEN, BIS SIE MERKEN, DASS MEINE HAUT SO HART IST ODER MEIN ARM SCHARFE KANTEN HAT.
DARAN KANN ICH HALT NICHTS ÄNDERN.

DU MUSST DICH EINFACH DA DRAUSSEN ZEIGEN. ES GIBT EINE MENGE MÄNNER, DIE MIT DIR AUSGEHEN WÜRDEN, WENN DU DICH ETWAS MEHR ÖFFNEST.
ACH JA? UND WANN HAST DU DICH DAS LETZTE MAL GE-ÖFFNET UND WARST AUF EINEM DATE?
LETZTE WOCHE.
IM ERNST? DAVON HAST DU GAR NICHTS ERZÄHLT.
HOLEN WIR NACH. ICH HOFFE, DU WEISST, DASS DU MEIN ***BESTER FREUND*** BIST. ICH WILL, DASS MAN DICH LIEBT UND BEGEHRT.
ES BEDEUTET MIR SO VIEL, JEMANDEN ZU KENNEN, DER MICH WIRKLICH VER-STEHT.
OHNE DICH HÄTTE ICH MICH NIE SO GUT IN DIESER ZEIT EIN-LEBEN KÖNNEN.
HAB DICH LIEB.
ICH BIN SO DANK-BAR, EINEN SCHWULEN FREUND ZUM REDEN ZU HABEN, UND DASS DU ES BIST. DAS IST MIR SO WICHTIG.
HAB DICH AUCH LIEB.
HEY, WILLST DU DEN GANZEN ABEND HINTER DEM TRESEN VERSAUERN ODER NICHT DOCH LIEBER MIT MIR ***TANZEN***?
Akihiro alias Daken
GEH NUR, MEGAN. ICH KÜMMERE MICH UM DEN ABWASCH.
NICHT SIE.
DU.

NIX FÜR UNGUT, MEGAN.
PASST SCHON.
ICH? BIST DU NICHT MIT AURORA ZUSAMMEN?
IST BLOSS EIN TANZ, VIC. OKAY, ICH GEB ZU, DEINE ZUNGE MACHT MICH NEUGIERIG, ABER DAS IST ES NICHT ALLEIN ...
GEH. ICH ÜBERNEHM DIE BAR.
ALSO, WAS SAGST DU, HÜBSCHER? WOLLEN WIR TANZEN?
KLAR. ABER NUR, WENN JONAS MITKOMMEN DARF.
JE MEHR, DESTO BESSER.

Terry Blas (Story) · Paulina Ganucheau (Zeichnungen) · Kendall Goode (Farben)
Alexander Rösch (Übersetzung) · Andrea Renzoni (Lettering)
ENDE

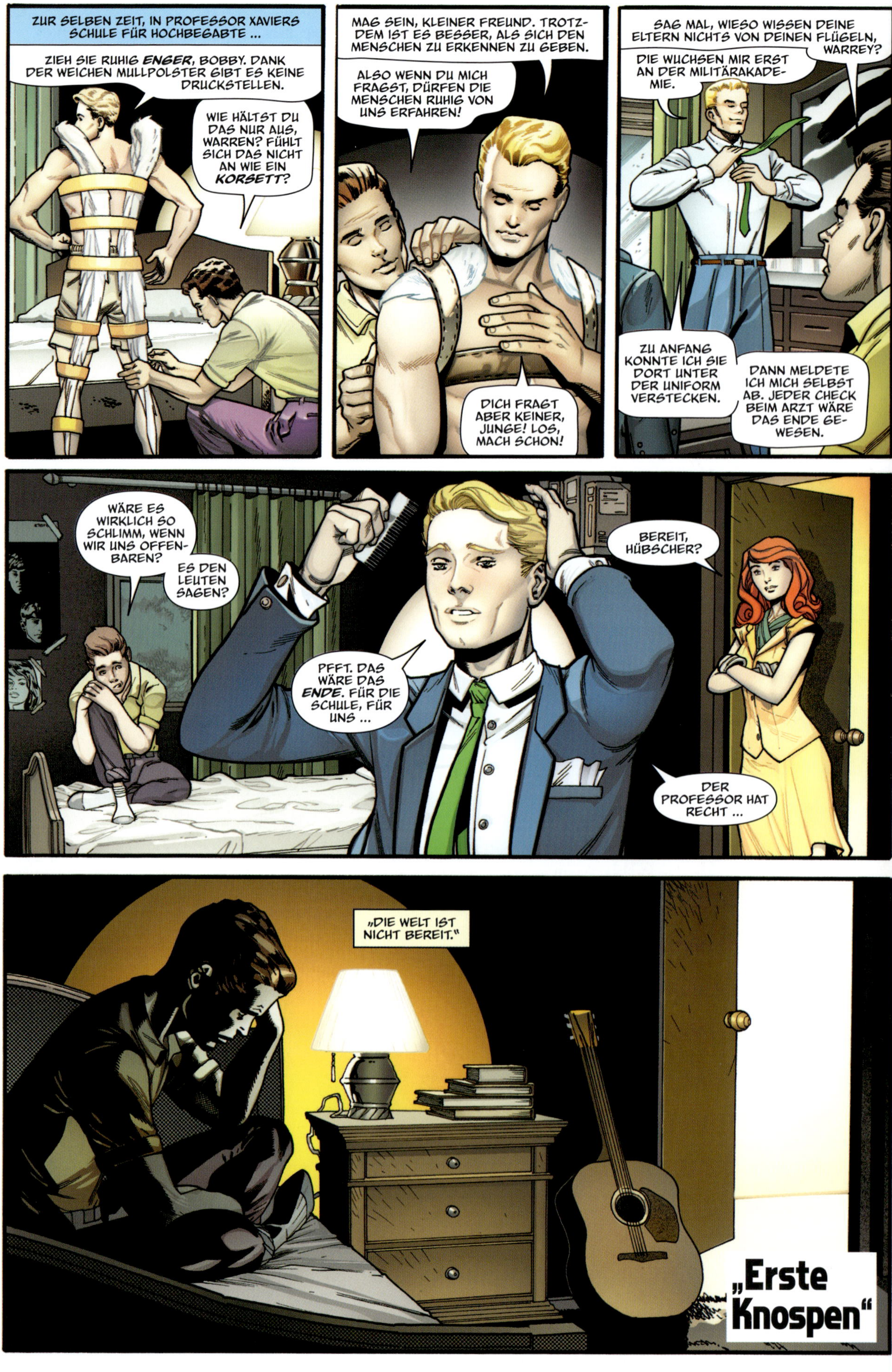
ZUR SELBEN ZEIT, IN PROFESSOR XAVIERS SCHULE FÜR HOCHBEGABTE ...
ZIEH SIE RUHIG ENGER, BOBBY. DANK DER WEICHEN MULLPOLSTER GIBT ES KEINE DRUCKSTELLEN.
WIE HÄLTST DU DAS NUR AUS, WARREN? FÜHLT SICH DAS NICHT AN WIE EIN KORSETT?
MAG SEIN, KLEINER FREUND. TROTZDEM IST ES BESSER, ALS SICH DEN MENSCHEN ZU ERKENNEN ZU GEBEN.
ALSO WENN DU MICH FRAGST, DÜRFEN DIE MENSCHEN RUHIG VON UNS ERFAHREN!
DICH FRAGT ABER KEINER, JUNGE! LOS, MACH SCHON!
SAG MAL, WIESO WISSEN DEINE ELTERN NICHTS VON DEINEN FLÜGELN, WARREY?
DIE WUCHSEN MIR ERST AN DER MILITÄRAKADEMIE.
ZU ANFANG KONNTE ICH SIE DORT UNTER DER UNIFORM VERSTECKEN.
DANN MELDETE ICH MICH SELBST AB. JEDER CHECK BEIM ARZT WÄRE DAS ENDE GEWESEN.
WÄRE ES WIRKLICH SO SCHLIMM, WENN WIR UNS OFFENBAREN?
ES DEN LEUTEN SAGEN?
PFFT. DAS WÄRE DAS ENDE. FÜR DIE SCHULE, FÜR UNS ...
BEREIT, HÜBSCHER?
DER PROFESSOR HAT RECHT ...
„DIE WELT IST NICHT BEREIT."
„Erste Knospen"

WOW.
HSSSK
CRRK
NA, MAL SEHEN, XAVIER, WIE KLAR DEINE PRINZI-PIEN SIND ...

... WENN DER WOLF VOR DER TÜR STEHT.
ENDLICH IST ES SO WEIT, CHARLES ...
HEUTE WIRST DU ...
... ES BEGREIFEN?!
HAB KEINE ANGST.
OH NEIN!
OBWOHL DEIN MENTOR SIE MIR STÄNDIG VOR DIE FÜSSE WIRFT ...
... TU ICH KINDERN NICHTS ZULEIDE.

WAREN DAS EBEN WIRKLICH ... RAKETEN?
ERWACHSENE KENNEN MANCHMAL KEINE ANDERE SPRACHE.
WIE HEISST DU?
SNF ICH BIN BOBBY.
ICH ...
... BIN ANDERS.
UND ICH ... WEISS ES ...
SONST KEINER. ZU GEFÄHRLICH. ICH WILL NICHT ...
ER IST SO HÜBSCH UND SO ... NETT. ABER WEHE--
I-ICH--
SEUFZ ACH, CHARLES.
ICH ... WAR MEIN GANZES LEBEN LANG ANDERS, JUNGE. ALSO NICHT-- EGAL.
JEDENFALLS IST DER WEG STEINIG UND EINSAM.
VOR ALLEM, WENN MAN JUNG IST.
UNSERE ANSÄTZE SIND VERSCHIEDEN. WIRKLICH „SICHER" WIRD ES NIE SEIN.
ABER WIR SORGEN FÜR EINE BESSERE ZUKUNFT, IN DER ANDERSSEIN NICHT EINSAM MACHT.
WIR ERSCHAFFEN EINE NEUE WELT.
FEST VERSPROCHEN.

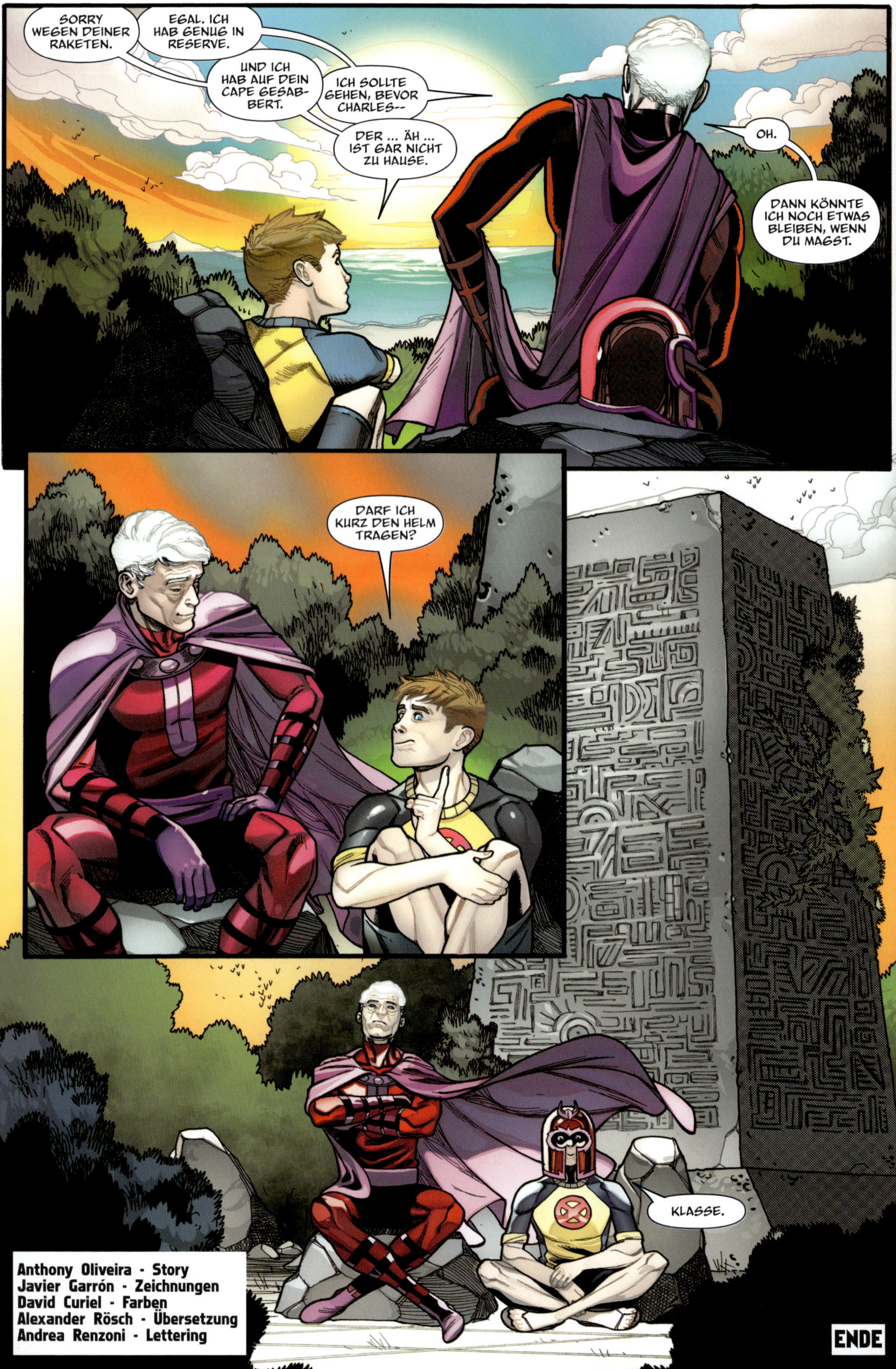

Anthony Oliveira - Story
Javier Garrón - Zeichnungen
David Curiel - Farben
Alexander Rösch - Übersetzung
Andrea Renzoni - Lettering

„Wie ich ihn kenne“
ICH HEISSE KYLE JINADU UND *LIEBE DIESEN MANN.*

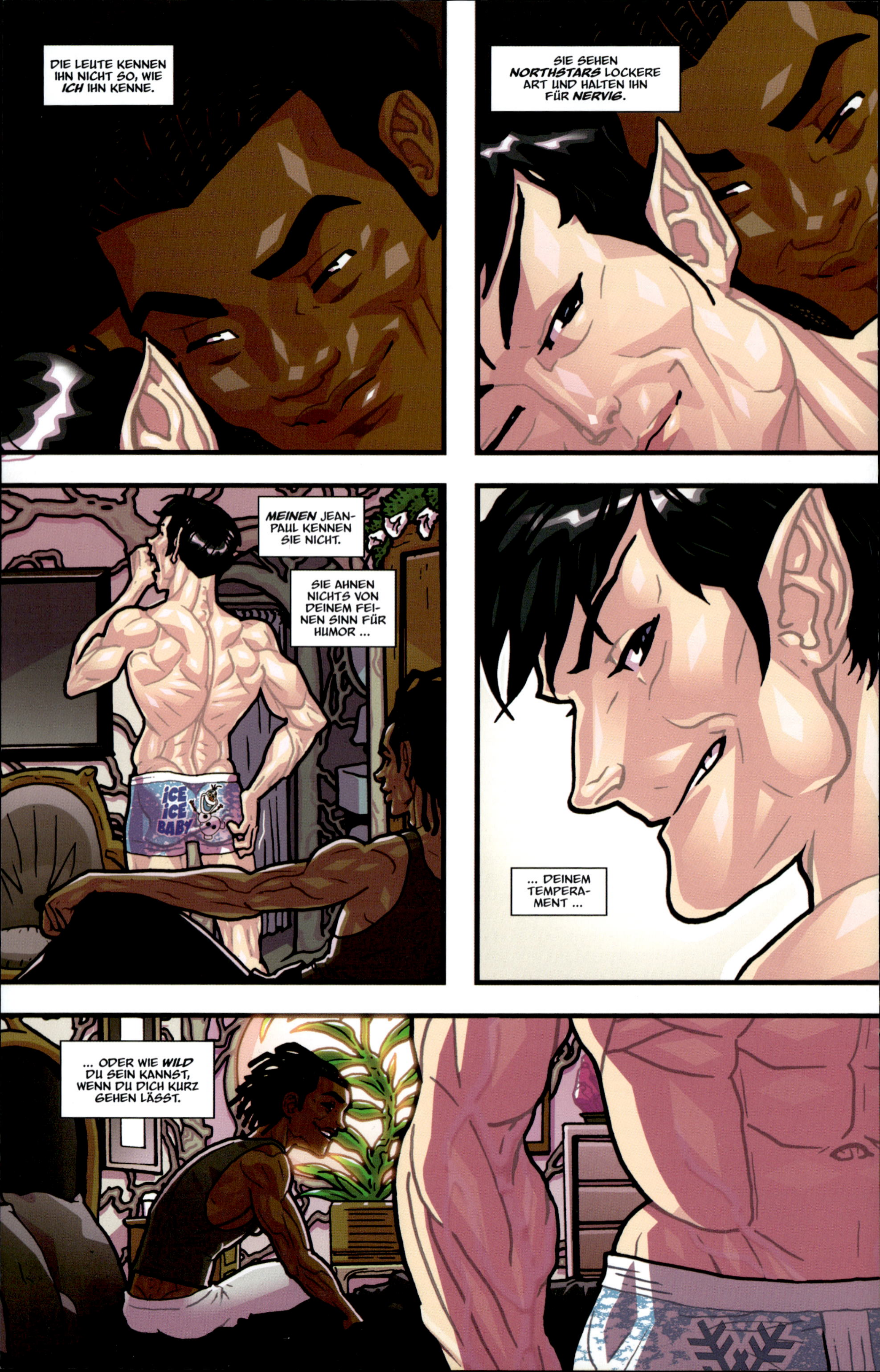
DIE LEUTE KENNEN IHN NICHT SO, WIE *ICH* IHN KENNE.
SIE SEHEN *NORTHSTARS* LOCKERE ART UND HALTEN IHN FÜR *NERVIG*.
MEINEN JEAN-PAUL KENNEN SIE NICHT.
SIE AHNEN NICHTS VON DEINEM FEINEN SINN FÜR HUMOR ...
ICE ICE BABY
... DEINEM TEMPERAMENT ...
... ODER WIE *WILD* DU SEIN KANNST, WENN DU DICH KURZ GEHEN LÄSST.

DU KANNST JEDE ERNST GEMEINTE UNTERSTÜTZUNG GEBRAUCHEN ... NUR MERKEN SELBST DIE X-MEN NICHT IMMER, WANN DU SIE BRAUCHST, GESCHWEIGE DENN, WIE SIE DIR HELFEN KÖNNEN.
ICH SCHON. DARUM MÖCHTE ICH DIR DAUERHAFT HALT IM STURM DES LEBENS GEBEN.
UND DESHALB SAGE ICH DIR AUCH STÄNDIG ...
DU BIST SO LIEBEVOLL. DU ZEIGST ES NUR ZU SELTEN.
SCHNAPP SIE DIR, MEIN SEXY ELF.
Story und Zeichnungen von J. J. Kirby
ENDE

Kurz vor London, um 1900
Tini Howard - Story
Samantha Dodge - Zeichnungen
Brittany Peer - Farben
Alexander Rösch - Übersetzung
Andrea Renzoni - Lettering
HÄTTEN SIE GERN EINEN DRINK, MISS ADLER?
TEE LANGT MIR, PROFESSOR MO--
LIEBES ...
„Die grauen Damen“
ICH BESTEHE DARAUF, DASS SIE MICH JAMES NENNEN.
UND FÜR DIE HEUTIGE PARTIE WERDEN SIE ETWAS STÄRKERES BRAUCHEN.
WEISS ERÖFFNET. BITTE.
WOLLEN SIE HEUTE ETWA BESONDERS UNFAIR SPIELEN?
NEIN, NUR IHREN BRILLANTEN VERSTAND WACHKITZELN, IRENE.
BITTE, JAMES. FÜR SIE MISS ADLER.
TSK. FURCHTBARER ZUG.
TAK
NUR KEINE SORGE. ICH HABE MICH INTENSIV MIT SCHACH BESCHÄFTIGT.
DER ZUG WAR BEWUSST.

DARF ICH OFFEN REDEN?
ALS INTELLEKTUELLE UND DETEKTIVE IN DIESEM SCHÖNEN LAND RESPEKTIEREN WIR UNS SEIT LANGEM. WIR VERACHTEN BEIDE KRIMINELLE UND KILLER. ICH GENIESSE UNSERE GEMEINSAMEN PARTIEN, NUR ...
... IHRE GESCHÄFTSPARTNERIN IST EINE FRAU NAMENS RAVEN DARKHOLME ... JEDENFALLS MANCHMAL. SIE NUTZT ZAHLLOSE IDENTITÄTEN, ALLESAMT SEHR ÜBERZEUGEND.
DOCH SIE WIRD NACHLÄSSIG.
NUN, DA IRREN SIE SICH.
DOCH, WIRD SIE. UND SIE HAT ETWAS, DAS ICH WILL.
MACHEN SIE IHR KEINE VORWÜRFE. ICH BIN IN DEN BESITZ EINER GROSSARTIGEN TECHNIK GELANGT. SIE HAT ES NICHT KOMMEN SEHEN.
NIEMAND HAT ES KOMMEN SEHEN.
GERADE SIE NICHT.
ICH NEHME AN, SIE SEHEN WIRKLICH NICHTS, ALSO ERKLÄRE ICH ES IHNEN: DIES SIND FOTOGRAFIEN. KEINE, FÜR DIE SIE BEWUSST POSIERT HABEN.
JEMAND HAT SIE BESCHATTET. SIE UND RAVEN. UND ALS ER SAH, WAS FÜR EIN MONSTER SIE IST, HIELT ER ES IM BILD FEST.
ICH VERSICHERE IHNEN ...
ES IST VERSTÖREND. UND DAMIT MEINE ICH NICHT IHR VERHÄLTNIS ZU IHR. DIESE ... VERANLAGUNG GEHT MICH NICHTS AN.

NACHDEM SIE BLIND SIND, MÖCHTE ICH SIE DESWEGEN NATÜRLICH NICHT VERURTEILEN, MISS ADLER.
NUR IST DIE FRAU, VON DER SIE GLAUBEN, SIE ZU LIEBEN, GAR KEINE FRAU, SONDERN EINE BESTIE MIT SCHLANGENAUGEN.
ICH BIETE IHNEN EINEN AUSWEG.
ICH SPERRE DAS MONSTER ZU STUDIENZWECKEN AUF MEINEM ANWESEN EIN. SIE DÜRFEN SIE GELEGENTLICH BESUCHEN. IMMERHIN WERDEN SIE AUF DEMSELBEN GRUNDSTÜCK WOHNEN ALS ...
... MEINE FRAU.
ODER WAS HATTEN SIE VOR? ETWA MIT DIESEM FOTO ZU FLIEHEN?
DIE PARTIE IST NOCH NICHT VORBEI.
IHR ZUG.
DAS IST KONFUS.
ES ERLAUBT MIR EIN NARRENMATT.
EIN SIEG IN ZWEI ZÜGEN.
SCHACHMATT.

BEHALT DIE AUGEN AUF DEM MICKRIGEN BRETT, JAMES.
ANDERE SPIELE WIRST DU NIE GEWINNEN.
HEXE!
BRUTALES MONSTRUM!
DU KENNST MICH ÜBERHAUPT NICHT.
FAST NOCH SCHLIMMER: DU KENNST SIE ÜBERHAUPT NICHT.
DU WARST DESTINY NIE AUCH NUR EINEN ZUG VORAUS.
AAH!
WRENN-CH
NIEMAND IST DAS.
„RAVEN ...?
„WAR'S DAS?"

DAS WAR'S.
HAB ICH GERN GEMACHT, IRENE.
FÜR DICH ...
... TÄTE ICH ALLES.
NICHT FÜR MICH, RAVEN, NEIN ...
FÜR *UNS*.
WIEDER EINER, DER SICH UNS ÜBERLEGEN FÜHLTE. DAS TUN SIE IMMER.
LERNEN SIE ES DENN NIE? WANN HÖRT ES AUF?
TUT MIR LEID, MEIN SCHATZ.
NIEMALS, FÜRCHTE ICH.
DANN ...
„.. LASS UNS KEINE ZEIT VERGEUDEN, WENN WIR GERADE NICHT KÄMPFEN."
ENDE

Vita Ayala - Story Joanna Estep & Brittney L. Williams - Zeichnungen Brittany Peer - Farben

ELLE IST ANMUTIG UND CHARMANT. SIE KÖNNTE JEDEN HABEN UND WEISS ES, VERHÄLT SICH ABER WEDER ARROGANT NOCH GEMEIN.
SIE WEISS GENAU, WAS SIE WILL, UND VERSCHWENDET DESHALB KEINE ZEIT.
UND ICH KANN IHR NICHTS BIETEN. ICH BIN ... BLOSS ICH.
ERSTENS IST DAS VÖLLIGER SCHWACHSINN. DU BIST ZWAR NICHT SO REIN WIE NEUSCHNEE, ABER EIN GUTER MENSCH.
ZWEITENS NIMMST DU ES ZU ERNST.
SIE IST HEISS, DU BIST EIN GUTER FANG. IHR ZWEI MÜSST JA NICHT GLEICH HEIRATEN.
WOBEI ...
WAS? NEIN!
NUR ... NACH ALLEM, WAS ICH GETAN HABE, FÜHRT DAS DOCH ZU NICHTS.
DU KLINGST FATALISTISCH UND DRÖGE. VERKAUF DICH NICHT UNTER WERT.
ENTWEDER FRAGST DU SIE, ODER ICH VERKUPPLE EUCH. GLAUB MIR, DAS WILLST DU NICHT RISKIEREN, WEIL ICH IHR DANN JEDE PEINLICHE GESCHICHTE ÜBER DICH AUFTISCHEN WERDE.
SNATCH
I-ICH ...

ICH KANN DAS NICHT, OKAY?
WENN ES KLAPPT, WÄR'S NICHT REAL.
WESHALB?
WEIL ICH ES SO SEHR WILL. ELLE IST BILDSCHÖN, INTELLIGENT, GÜTIG. WENN ICH SIE ANSEHE, STRAHLT SIE SO SEHR, DASS ES WEHTUT.
MEIN VERLANGEN, MEINE GEFÜHLE SIND SO MÄCHTIG, DASS SIE SICH WIE LEBENDIG ANFÜHLEN.
MANCHMAL KANN ICH KAUM ATMEN, WENN ICH AN SIE DENKE.
MEINE GABE BEEINFLUSST ANDERE MENSCHEN. ICH KANN IHREN WILLEN DURCH MEINEN EIGENEN ERSETZEN.
DAS MÖCHTE ICH IHR AUF KEINEN FALL ANTUN. SCHLIMMSTENFALLS PASSIERT ES NICHT MAL BEWUSST.
ICH WILL IHR EINE WAHL LASSEN.
DAS IST ...
... DER GRÖSSTE MÜLL, DEN ICH JE GEHÖRT HABE.
KLAR, DU HAST DINGE GETAN, AUF DIE DU NICHT STOLZ BIST. ES BRINGT NICHTS, SIE ZU VERDRÄNGEN UND VORZUGEBEN, ES SEI NIEMALS PASSIERT.
ABER DU BIST EIN GUTER MENSCH UND HAST DICH VOLL IM GRIFF. DAFÜR HAST DU HART GEKÄMPFT.
GENAUSO WICHTIG IST ES, NICHT ZU VERDRÄNGEN, DASS ANDERE DIR BÖSES ANGETAN HABEN. WENN MAN SICH VERWUNDBAR FÜHLT, KOMMT DAS NATÜRLICH ALLES AN DIE OBERFLÄCHE.
IN KRAKOA GEHT ES UM NEUANFÄNGE UND ZWEITE CHANCEN.
DU SAGST, DU WILLST IHR EINE WAHL LASSEN. DANN SEI EINE MUTANTIN UND BIETE IHR OPTIONEN AN.

ÄHEM
S-SAG MAL, ICH HAB MICH GRAD GEFRAGT, OB ...
... OB DU NACH DER PARTY, ÄH, OB DU MIT MIR EIN DA--
JA.

OH!
UND OB ICH DAS WILL, XI'AN.
ENDLICH FRAGST DU MICH.
ALLES OKAY?
J-JA? JA ...
DER ANFANG

Steve Orlando (Story) - Claudia Aguirre & Luciano Vecchio (Zeichnungen)
Arbor Magna, Wiederbelebungskammer, Krakoa
„Mann seiner Träume“
HIER BIST DU, AKIHIRO.
UNGEWOHNT, DASS DICH JEMAND SO SEHR ABLENKT ...
... AUSSER MIR. AUF WEN WARTEN WIR DENN?
IST ES GEHEIM?
JEDER HAT GEHEIMNISSE, AURORA.
ER IST ...

„... EINS AUS EINEM ANDEREN LEBEN.
„CARL VALENTINO.
„ICH WAR GRAD AUS DEM BOOTCAMP ABGEHAUEN, DA TRAF ICH IHN.
„ICH GLAUBTE, ICH WÄRE GANZ ALLEIN.
„DOCH DANN KAM CARL. EIN MUTANT. WIE ICH.
„WIR VERSTECKTEN UNS IN SENDAI, MEINER HEIMAT. BIS VERSTECKEN FÜR UNS EGAL WURDE.
„ANFANGS FIEL ES MIR NICHT LEICHT.
„CARL BLIEB GEDULDIG. ER WOLLTE MICH RICHTIG KENNEN.
„ICH MACHTE ES IHM WAHRLICH NICHT LEICHT.
„WIR LEBTEN. SIE FANDEN UNS NIE.
„EIN TRAUM, VON DEM ICH NICHT WUSSTE, OB ICH IHN WOLLTE ...“

Toronto, Ontario, Kanada, 1967
„... BIS ICH AUS EINEM *ONE-NIGHT-STAND* ERWACHTE.
„WEGEN CARLS MUTANTENKRAFT ENTSPRACH EINE *NACHT* EINEM *LEBEN*.
„DAS ÜBERFORDERTE MICH. ICH LIEF WEG.
„CARL LEBTE WEITER.
„ICH *ÜBERLEBTE* WEITER.
„DAMALS LIEFEN DIE DINGE NOCH ANDERS. SEINE ELTERN STARBEN ...
„... ALSO ZOG ER BRUDER UND SCHWESTER AUF.
„FÜR SICH SELBST ZWEIGTE ER KEINE *ZEIT* AB, DOCH DANK SEINER KRÄFTE ...
„... GÖNNTE ER SICH GLÜCKLICHE NÄCHTE UND VERLEUGNETE DABEI SICH SELBST.
„CARL WAR EIN *TRAUMTÄNZER*. ER KONTROLLIERTE TRÄUME ...
„... UND STELLTE DIE DER *FAMILIE* VOR SEINE EIGENEN.
„ICH UMGAB MICH 50 JAHRE LANG MIT *BLUT*.
„CARL UMGAB SICH MIT MENSCHEN, DIE IHN *LIEBTEN* ...“

„… ABER NICHT KANNTEN.
Heute
„ICH VERGASS CARL … BIS ZUR TOTENMESSE.
„DA SO VIELE MENSCHEN UM IHN TRAUERTEN …
„… KONNTE ICH AUFHÖREN, VOR IHM WEGZULAUFEN.
„LAUT ZEITUNG STARB ER FRIEDLICH, FÜHRTE EIN GUTES LEBEN.
„ER HÄTTE EIN BESSERES VERDIENT.
„KEINER WEISS, WAS UNS VERBAND. DIESE NACHT, DIESES LEBEN.
„NUR WIR BEIDE.
SNIKT
„CARL GAB SEINE TRÄUME AUF …"

„... UND HÄTTE ES NIEMALS TUN DÜRFEN."
CRCK
WOW!
PEK
IST ... IST DAS KRÄKOA? ICH KENN ES AUS DEN NACHRICHTEN VOR-- WAR ICH TOT?
ICH HÄTTE NIE GEGLAUBT, HIER ZU LANDEN.
AKIHIRO? I-ICH DACHTE, ICH SEH DICH NIE WIEDER.
NIE IST EIN KONZEPT, DAS MUTANTEN NICHT KENNEN. SIEH DICH UM. ES FÄNGT GERADE ERST AN, CARL.
ES IST SO SCHÖN HIER ...
DANKE, AKIHIRO. VIELEN DANK!
ABER EIN NEUANFANG BRAUCHT EINEN NEUEN NAMEN ...

"... ICH HAB DA EINIGE IDEEN."
Die Grüne Lagune, Krakoa
CARL VALENTINO FÜGTE SICH SEINEM SCHICKSAL.
ER SCHLOSS DIE AUGEN, SCHLIEF UND SAH NACH DEM AUFWACHEN SEINE TRÄUME VOR SICH.
NUN BIN ICH WACH ... ENDLICH WACH ... ALS
SOMNUS.
AN MEINE TRÄUME DÜRFTE ER AUCH GERN RAN, DAKEN ... DA LEISTE ICH GANZE ARBEIT.
SO VIEL AUFWAND FÜR EINEN SCHWARM VON VORGESTERN? DAS PASST GAR NICHT ZU DIR.
BITTE, JUMBO. WAS NÜTZT DIE BESTE UTOPIE ...
... WENN SIE KEINER MIT DIR TEILT?
SOMNUS SEHT IHR BALD AUF KRAKOA WIEDER!

LIEBE

ist LiEBE

Von Jacopo Camagni

SCHLÜSSELSZENEN IN MARVEL-COMICS

Die in diesem Band nachgedruckten Comics dokumentieren, dass sowohl Figuren als auch Kreative mit LGBTQ+-Hintergrund bei Marvel eine lange Tradition besitzen. An dieser Stelle haben wir euch einige der bedeutendsten und prägendsten Schlüsselmomente zusammengestellt, um einige zentrale Ereignisse noch einmal Revue passieren zu lassen.

NEW MUTANTS 45 [1986]

Nach dem Selbstmord eines jungen Mutanten besucht Kitty Pryde eine örtliche Highschool und hält eine Rede über Selbstwahrnehmung und gesellschaftliche Vorurteile. Obwohl sich die Rede ausdrücklich auf mutantenfeindliche Strömungen bezieht, ist sie ein typisches Beispiel für die Parallelen zwischen der Situation der Mutanten und real existierenden Problemen mit Homophobie.

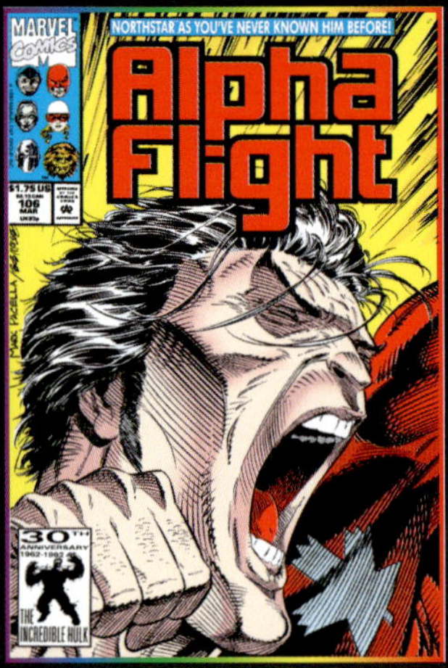

ALPHA FLIGHT 106 [1992]

Das Coming-out von Northstar.

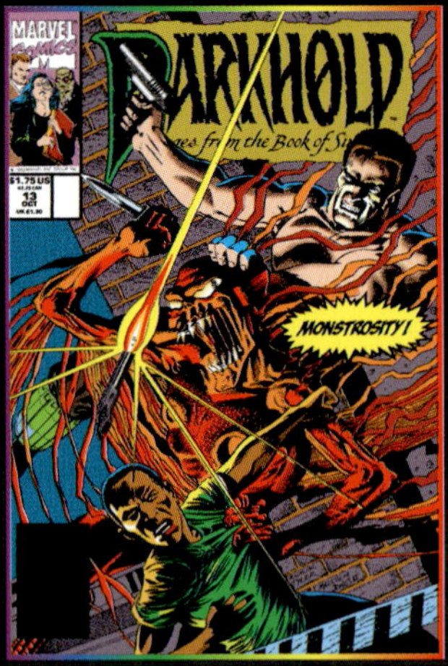

DARKHOLD: PAGES FROM THE BOOK OF SIN 13 [1993]

Victoria Montesis erster Auftritt.

MARVEL COMICS PRESENTS 151 [1994]

Der erste bekannte Auftritt eines Trans-Charakters ... Jessie Drake.

X-FORCE 118 [2001]

Marvels erster schwuler Comic-Kuss.

RAWHIDE KID 1 (2003)

Diese bahnbrechende Miniserie schildert die Abenteuer von Kid – auch romantischer Natur! – im Wilden Westen.

X-FACTOR 45 (2009)

Rictor und Shatterstar küssen sich. Obwohl es nicht der erste schwule Kuss in einem Marvel-Comic war, sorgte er für viel Aufmerksamkeit und gilt für viele Fans als prägend.

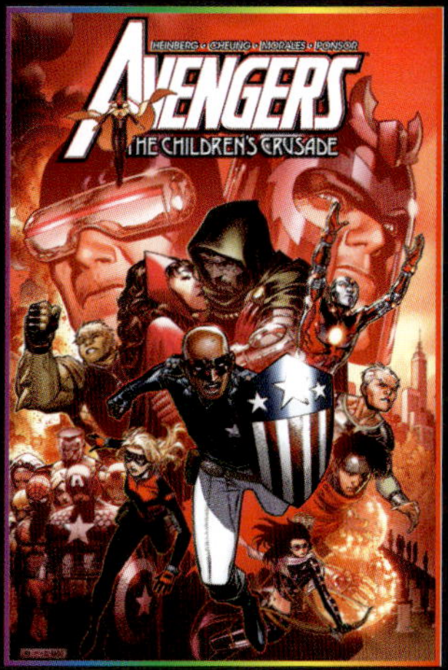

AVENGERS: CHILDREN'S CRUSADE 9 (2012)

Wiccan und Hulkling verloben sich!

ASTONISHING X-MEN 51 (2012)

Marvels erste gleichgeschlechtliche Hochzeit.

ALL-NEW X-MEN 40 (2015)

Das Coming-out von Iceman.

ICEMAN 1 (2017)

Marvel widmet Bobby nach seinem Coming-out eine neue Serie.

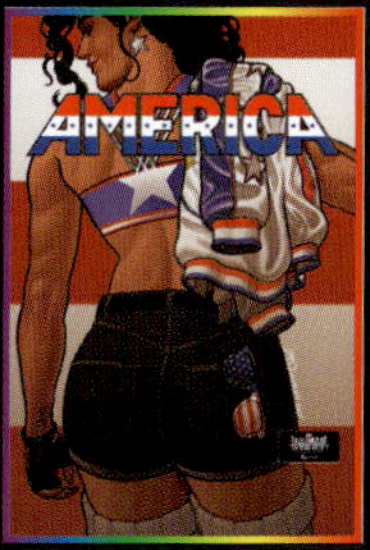

AMERICA 7 (2017)

Die Origin-Story von America Chavez – kosmische Lesben inklusive!

RUNAWAYS 12 (2018)

Nach jahrelangem Zögern kommt es zwischen Nico Minoru und Karolina Dean endlich zum Kuss, nach dem sie sich so lange sehnten.

HISTORY OF THE MARVEL UNIVERSE 2 (2019)

Obwohl eine private Beziehung zwischen Mystique und Destiny seit Jahrzehnten angedeutet wurde, küssen sie sich in diesem Heft zum ersten Mal.

IMMORTAL HULK 32 (2020)

Charlene McGowan identifiziert sich als Transgender.

EMPYRE 4 (2020)

Wiccans und Hulklings geheime Hochzeit wird enthüllt.

VERWUNDETE

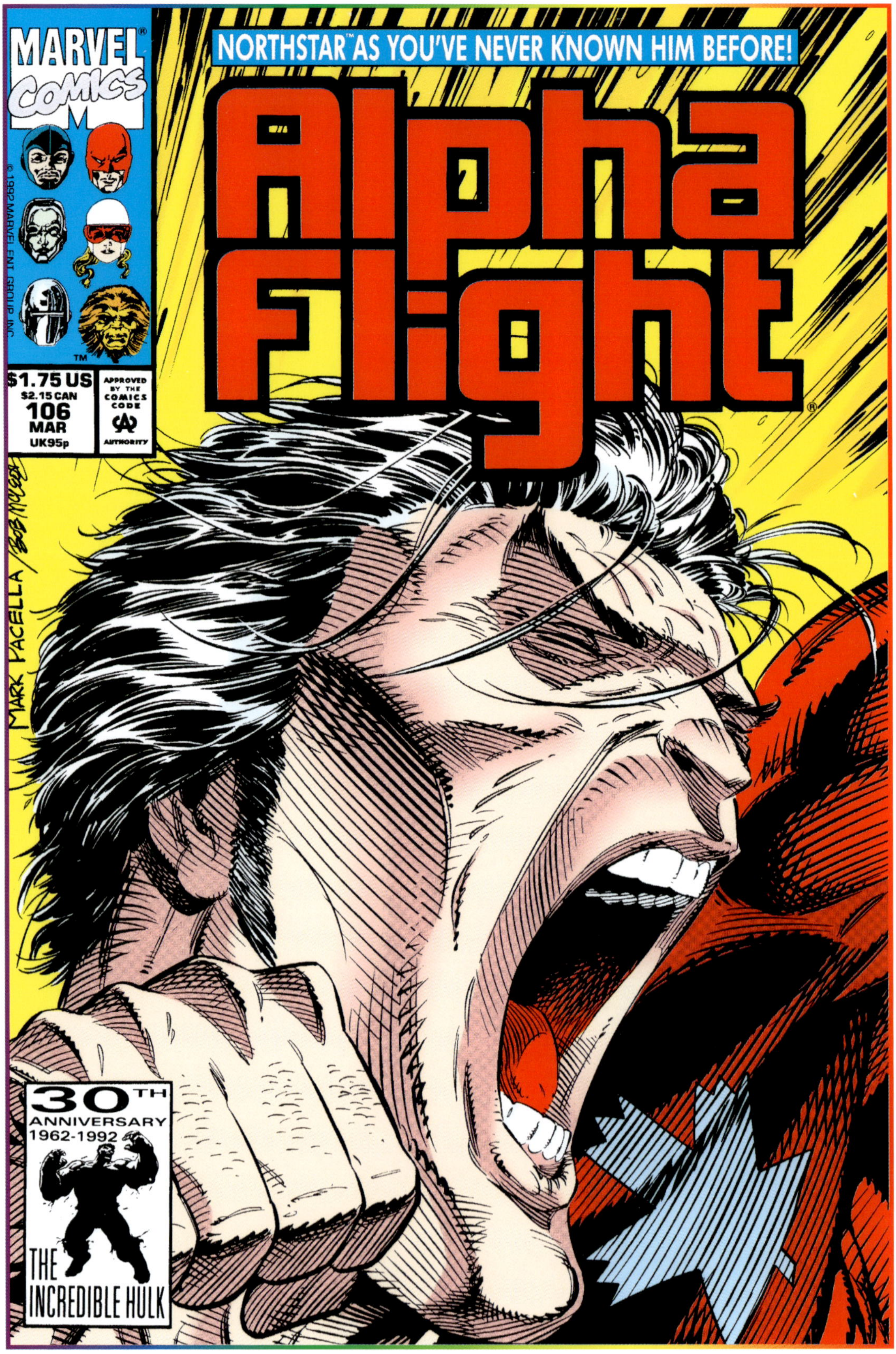

Alpha Flight (1983) 106
Cover von **MARK PACELLA**

GUARDIAN! WEAPON OMEGA! SASQUATCH! NORTHSTAR! AURORA! PUCK! WINDSHEAR! SIE BILDEN KANADAS EIGENES SUPERHELDENTEAM, ENTSCHLOSSEN, IHRE HEIMAT VOR BEDROHUNGEN ZU SCHÜTZEN, BEI DENEN NORMALE BEHÖRDEN MACHTLOS SIND. **STAN LEE PRÄSENTIERT: ALPHA FLIGHT!**

* VERWUNDETE

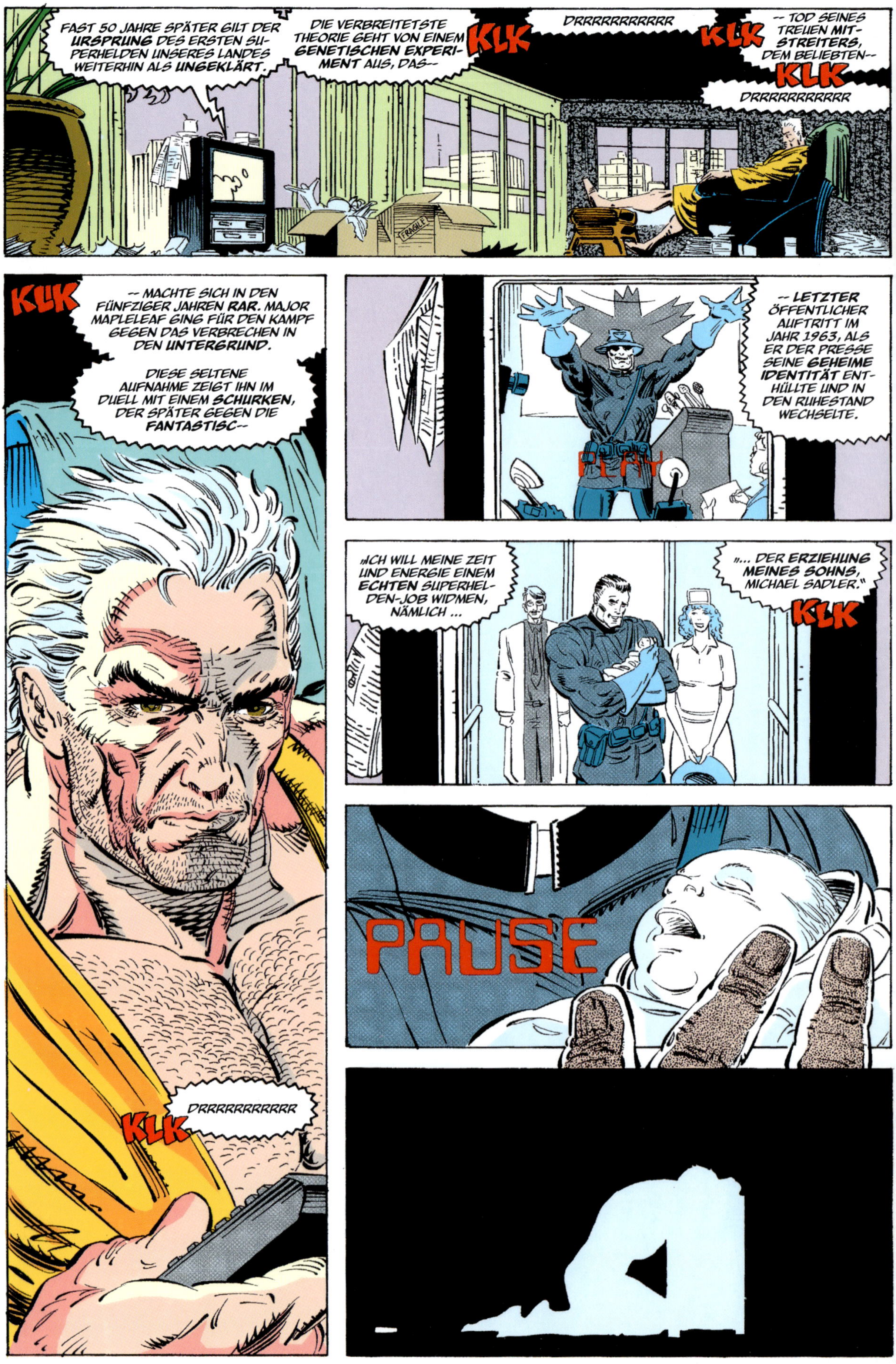
FAST 50 JAHRE SPÄTER GILT DER URSPRUNG DES ERSTEN SUPERHELDEN UNSERES LANDES WEITERHIN ALS UNGEKLÄRT.
DIE VERBREITETSTE THEORIE GEHT VON EINEM GENETISCHEN EXPERIMENT AUS, DAS--
KLK
DRRRRRRRRRRR
KLK
-- TOD SEINES TREUEN MITSTREITERS, DEM BELIEBTEN--
KLK
DRRRRRRRRRRR
KLK
-- MACHTE SICH IN DEN FÜNFZIGER JAHREN RAR. MAJOR MAPLELEAF GING FÜR DEN KAMPF GEGEN DAS VERBRECHEN IN DEN UNTERGRUND.
DIESE SELTENE AUFNAHME ZEIGT IHN IM DUELL MIT EINEM SCHURKEN, DER SPÄTER GEGEN DIE FANTASTISC--
KLK
DRRRRRRRRRRR
-- LETZTER ÖFFENTLICHER AUFTRITT IM JAHR 1963, ALS ER DER PRESSE SEINE GEHEIME IDENTITÄT ENTHÜLLTE UND IN DEN RUHESTAND WECHSELTE.
PLAY
„ICH WILL MEINE ZEIT UND ENERGIE EINEM ECHTEN SUPERHELDEN-JOB WIDMEN, NÄMLICH ...
„... DER ERZIEHUNG MEINES SOHNS, MICHAEL SADLER."
KLK
PAUSE

ZUR GLEICHEN ZEIT, IM ZENTRUM VON TORONTO ...
MR. HYDE, DU DENKST GENAU WIE JEDER ANDERE SCHURKE AUS DEN STAATEN!
„ICH JETTE MAL KURZ ÜBER DIE GRENZE NACH KANADA, DORT WARTET EIN GANZES LAND DRAUF, GEPLÜNDERT ZU WERDEN."
DAS GEGENTEIL MÜSST IHR MIR NOCH BEWEISEN, SASQUATCH.
DÜRFTE ICH UNTERBRECHEN?!
TRRZZT
VORSICHT, TEAM! SELBST OHNE SEINE KUMPELS VON DEN MASTERS OF EVIL ...
... IST HYDE EIN TÖDLICHER GEGNER!
UH, ICH HAB ANGST.
EIN KLARER FALL VON SELBSTÜBERSCHÄTZUNG, NORTHSTAR ...
WAP
... DU BIST VIEL ZU DUMM UND ARROGANT, UM ANGST ZU KENNEN.

BIN WOHL NICHT DER ERSTE SUPERSCHNELLE MUTANT, GEGEN DEN ER KÄMPFT.
DAS HAST DU NUN VON DEINER SELBSTÜBERSCHÄTZUNG, JEAN-PAUL.
KLANK
AUA! MEINE OHREN!
DIE DRÖHNEN SICHER NOCH ...
... WOCHEN!
G-GUU
WÄH
NANU? HEY ...
DAS
KLINGT
NACH
EINEM
clunk
clunk
clunk

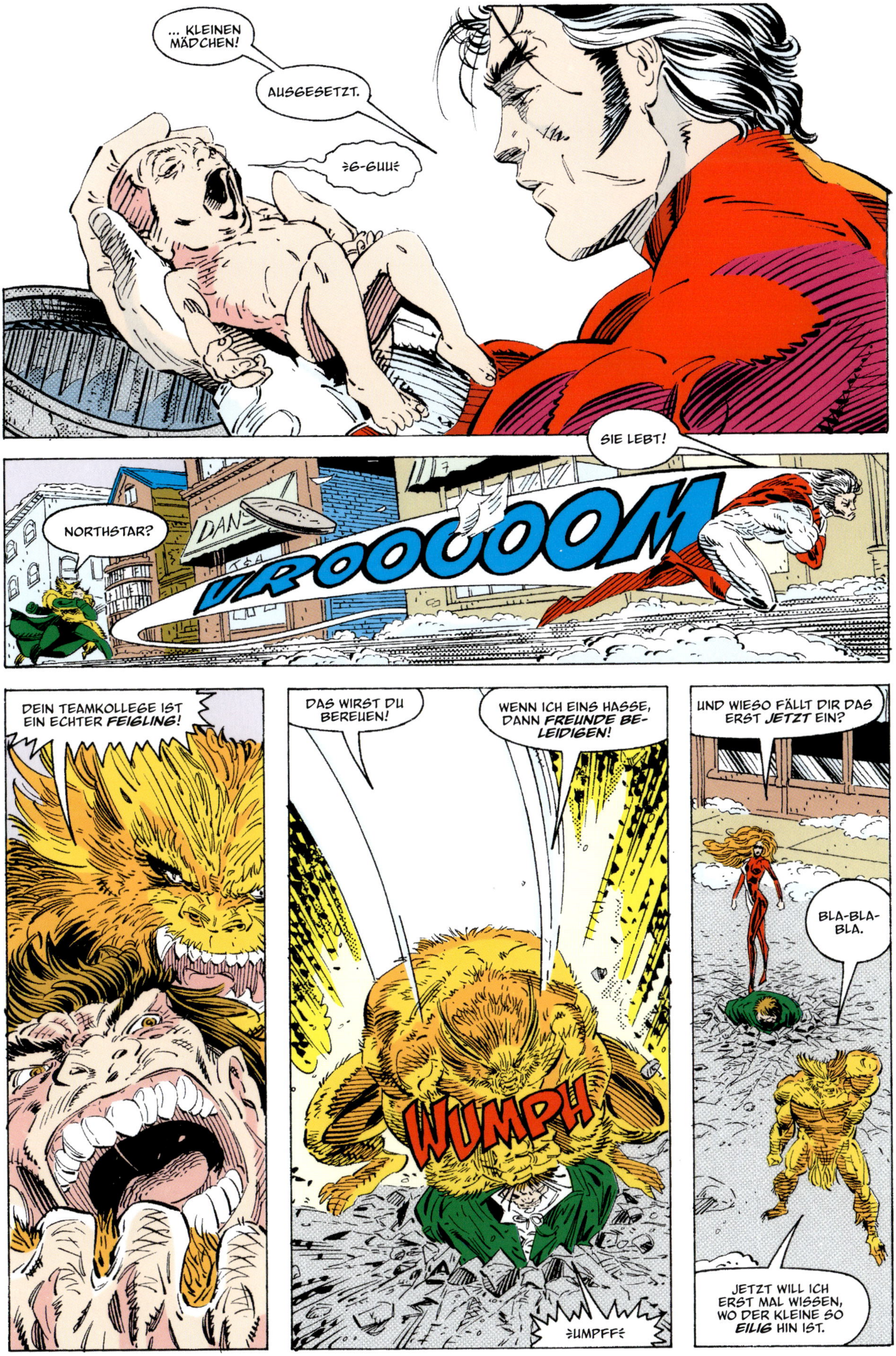
... KLEINEN MÄDCHEN!
AUSGESETZT.
=G-GUU=
SIE LEBT!
NORTHSTAR?
VROOOOOOM
DANS
DEIN TEAMKOLLEGE IST EIN ECHTER FEIGLING!
DAS WIRST DU BEREUEN!
WENN ICH EINS HASSE, DANN FREUNDE BELEIDIGEN!
WUMPH
=UMPFF=
UND WIESO FÄLLT DIR DAS ERST JETZT EIN?
BLA-BLA-BLA.
JETZT WILL ICH ERST MAL WISSEN, WO DER KLEINE SO EILIG HIN IST.

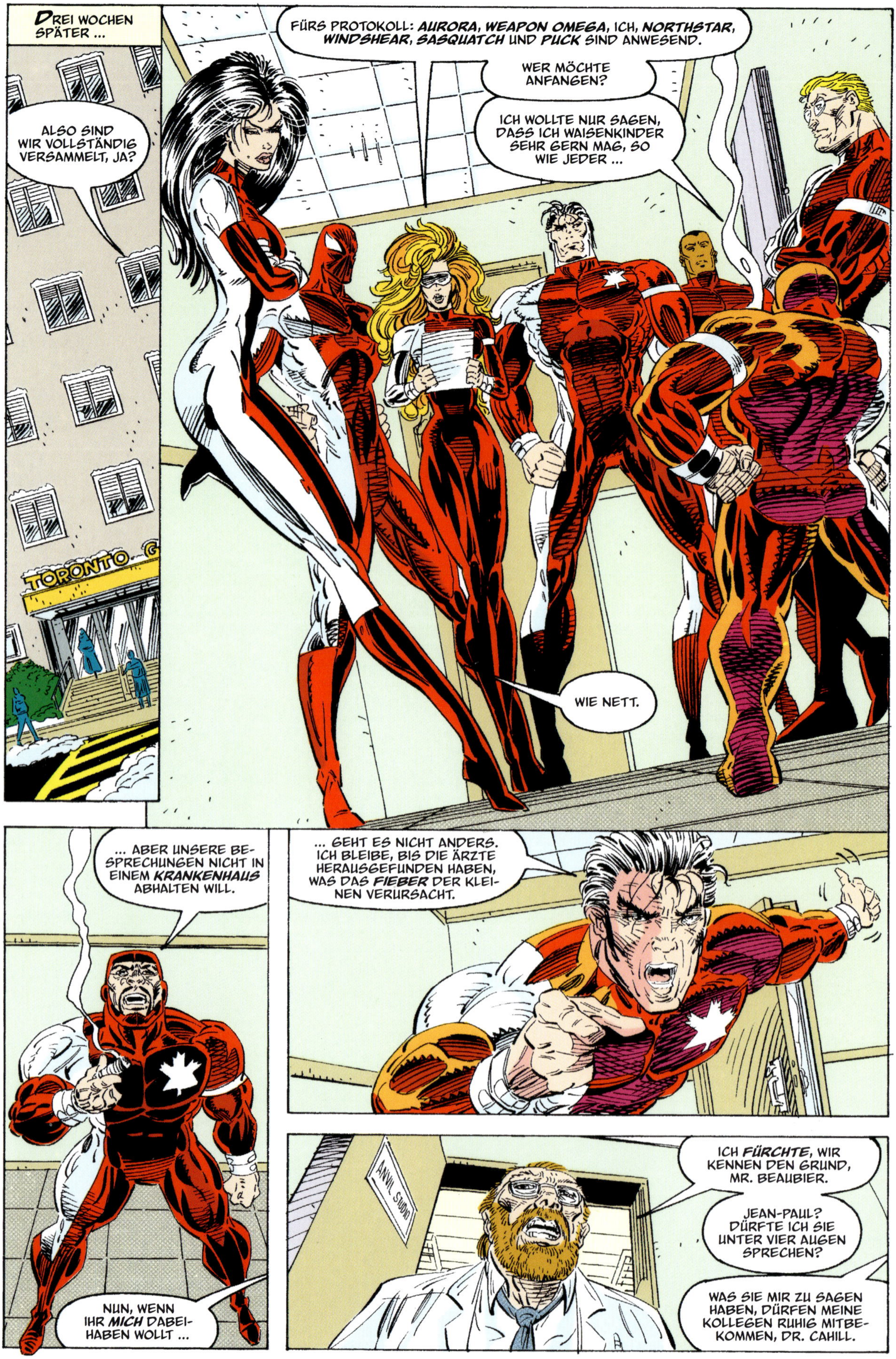
DREI WOCHEN SPÄTER ...
ALSO SIND WIR VOLLSTÄNDIG VERSAMMELT, JA?
FÜRS PROTOKOLL: AURORA, WEAPON OMEGA, ICH, NORTHSTAR, WINDSHEAR, SASQUATCH UND PUCK SIND ANWESEND.
WER MÖCHTE ANFANGEN?
ICH WOLLTE NUR SAGEN, DASS ICH WAISENKINDER SEHR GERN MAG, SO WIE JEDER ...
WIE NETT.
... ABER UNSERE BESPRECHUNGEN NICHT IN EINEM KRANKENHAUS ABHALTEN WILL.
NUN, WENN IHR MICH DABEIHABEN WOLLT ...
... GEHT ES NICHT ANDERS. ICH BLEIBE, BIS DIE ÄRZTE HERAUSGEFUNDEN HABEN, WAS DAS FIEBER DER KLEINEN VERURSACHT.
ANVIL STUDIO
ICH FÜRCHTE, WIR KENNEN DEN GRUND, MR. BEAUBIER.
JEAN-PAUL? DÜRFTE ICH SIE UNTER VIER AUGEN SPRECHEN?
WAS SIE MIR ZU SAGEN HABEN, DÜRFEN MEINE KOLLEGEN RUHIG MITBEKOMMEN, DR. CAHILL.

ICH WILL ES NICHT BESCHÖNIGEN ...
... ALS VORLÄUFIGER VORMUND DER KLEINEN MÜSSEN SIE UMGEHEND SCHWERE ENTSCHEIDUNGEN TREFFEN.
ICH FÜRCHTE, IHRE LEIBLICHE MUTTER WAR HIV-POSITIV.
DAS KIND WURDE IM MUTTERLEIB INFIZIERT.
ES KOMMT NICHT ZWANGSLÄUFIG ZU EINER ÜBERTRAGUNG, DOCH IN DIESEM FALL ...
WAS ...
... WOLLEN SIE DAMIT SAGEN, DOKTOR?
DIESES KIND HAT AIDS, SIR.
LEIDER.

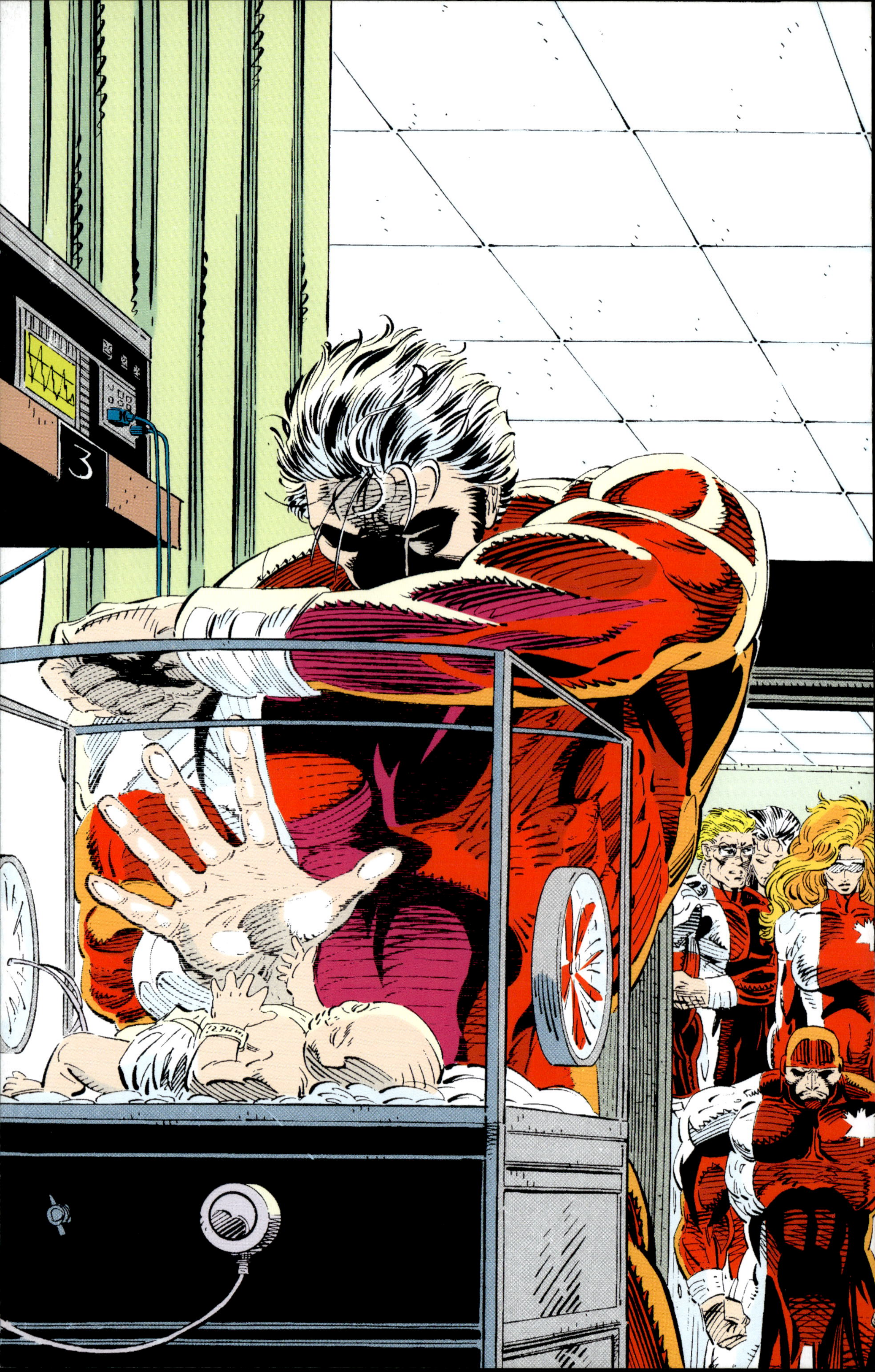
3

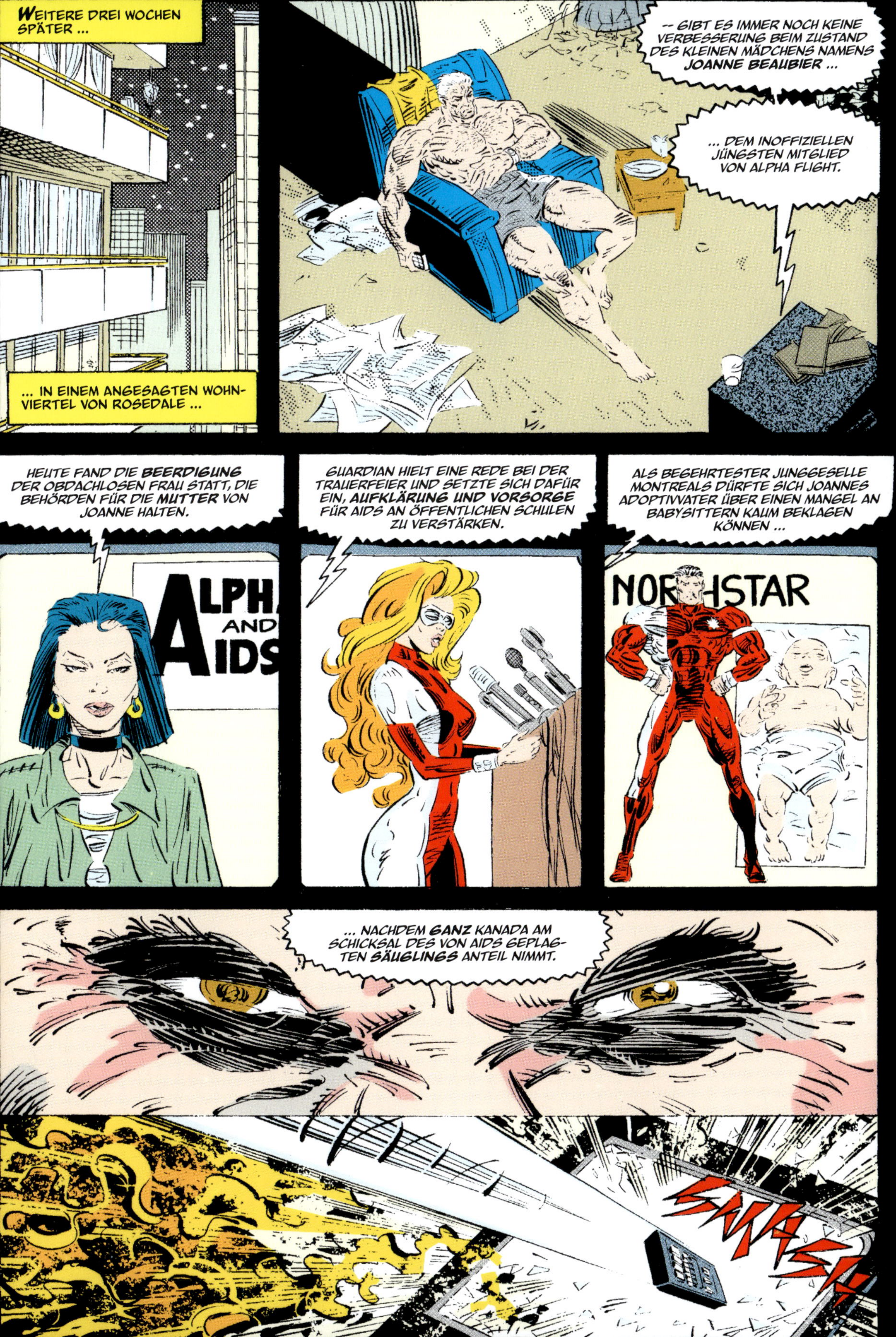
WEITERE DREI WOCHEN SPÄTER ...
... IN EINEM ANGESAGTEN WOHN-VIERTEL VON ROSEDALE ...
-- GIBT ES IMMER NOCH KEINE VERBESSERUNG BEIM ZUSTAND DES KLEINEN MÄDCHENS NAMENS JOANNE BEAUBIER ...
... DEM INOFFIZIELLEN JÜNGSTEN MITGLIED VON ALPHA FLIGHT.
HEUTE FAND DIE BEERDIGUNG DER OBDACHLOSEN FRAU STATT, DIE BEHÖRDEN FÜR DIE MUTTER VON JOANNE HALTEN.
ALPH AND AIDS
GUARDIAN HIELT EINE REDE BEI DER TRAUERFEIER UND SETZTE SICH DAFÜR EIN, AUFKLÄRUNG UND VORSORGE FÜR AIDS AN ÖFFENTLICHEN SCHULEN ZU VERSTÄRKEN.
ALS BEGEHRTESTER JUNGGESELLE MONTREALS DÜRFTE SICH JOANNES ADOPTIVVATER ÜBER EINEN MANGEL AN BABYSITTERN KAUM BEKLAGEN KÖNNEN ...
NORTHSTAR
... NACHDEM GANZ KANADA AM SCHICKSAL DES VON AIDS GEPLAG-TEN SÄUGLINGS ANTEIL NIMMT.
SMASH

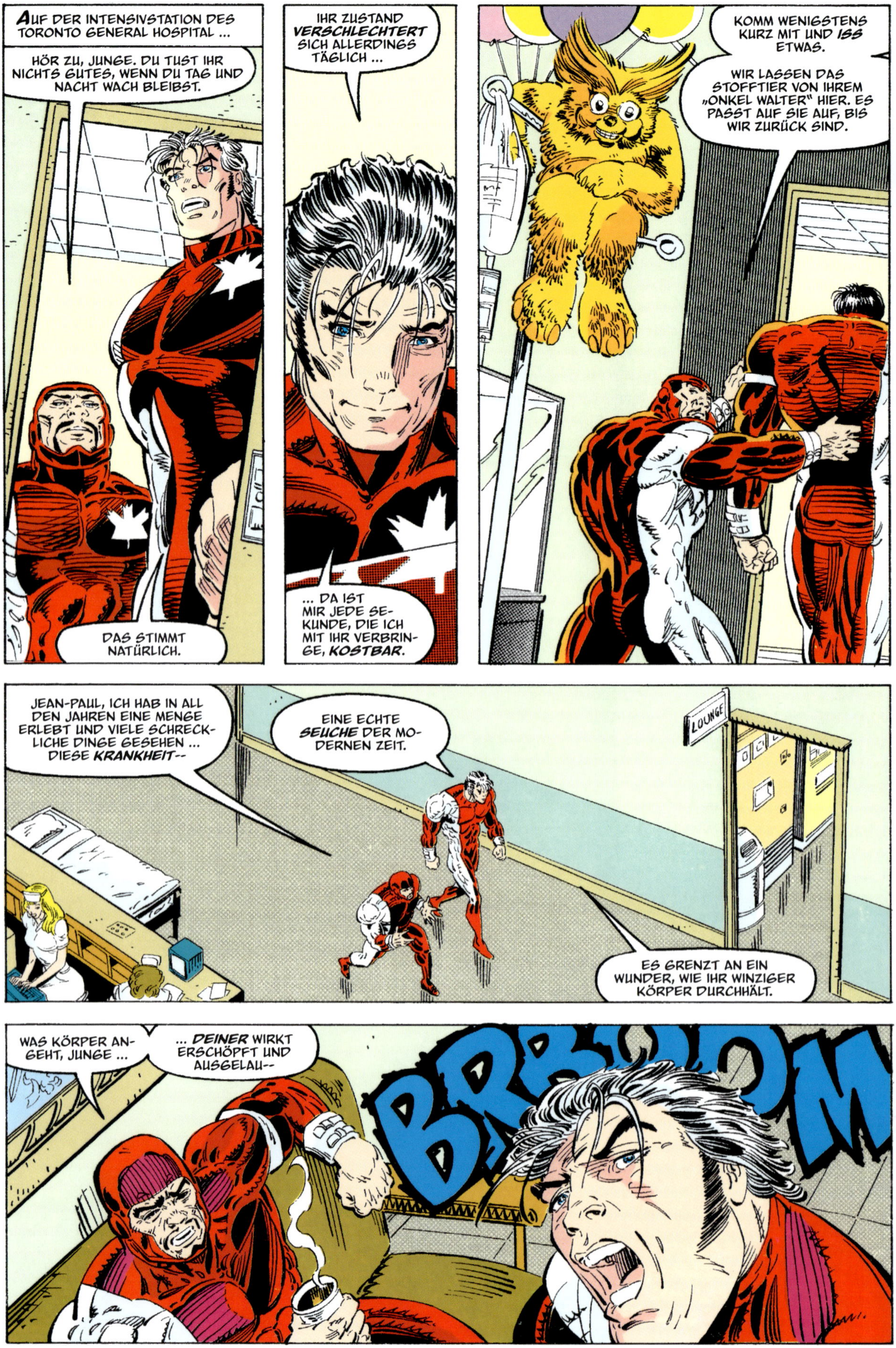
AUF DER INTENSIVSTATION DES TORONTO GENERAL HOSPITAL ...
HÖR ZU, JUNGE. DU TUST IHR NICHTS GUTES, WENN DU TAG UND NACHT WACH BLEIBST.
DAS STIMMT NATÜRLICH.
IHR ZUSTAND VERSCHLECHTERT SICH ALLERDINGS TÄGLICH ...
... DA IST MIR JEDE SEKUNDE, DIE ICH MIT IHR VERBRINGE, KOSTBAR.
KOMM WENIGSTENS KURZ MIT UND ISS ETWAS.
WIR LASSEN DAS STOFFTIER VON IHREM „ONKEL WALTER“ HIER. ES PASST AUF SIE AUF, BIS WIR ZURÜCK SIND.
JEAN-PAUL, ICH HAB IN ALL DEN JAHREN EINE MENGE ERLEBT UND VIELE SCHRECKLICHE DINGE GESEHEN ... DIESE KRANKHEIT--
EINE ECHTE SEUCHE DER MODERNEN ZEIT.
LOUNGE
ES GRENZT AN EIN WUNDER, WIE IHR WINZIGER KÖRPER DURCHHÄLT.
WAS KÖRPER ANGEHT, JUNGE ...
... DEINER WIRKT ERSCHÖPFT UND AUSGELAU--
BRBOOM

IST SIE DAS? DAS MÄDCHEN, DAS DIE MEDIEN SO INS HERZ GESCHLOSSEN HABEN?
UND WER BIST DU?
ABGESEHEN DAVON, DASS DU ES **BEREUEN** WIRST, DEN SCHLAF MEINER TOCHTER GESTÖRT ZU HABEN?
DU MACHST MIR KEINE ANGST!
ICH HABE ALLES VERLOREN, WAS MIR ETWAS BEDEUTET!
NORTHSTAR, WAS IST DENN HIER ...
... DRIN--
LOUIS?
WAS DENN, DU **KENNST** IHN, PUCK?
DER MANN, DEN ER KANNTE, IST TOT.
GENAU WIE DEINE **„TOCHTER"** GLEICH.

UFFFZ!
BIST DU IRRE, ALTER MANN?!
BOOM
DU GREIFST EIN UNSCHULDIGES KIND AN? ERNST-HAFT?!
MIT IHR HAT DAS NICHTS ZU TUN!
ES GEHT UM DICH UND DIE ANDEREN, DIE SIE REGELRECHT VERGÖTTERN!
INCROYABLE! ER WENDET MITTEN IN DER LUFT, SODASS ICH DIE GANZE WUCHT SEINES--
SPRAZZZZT

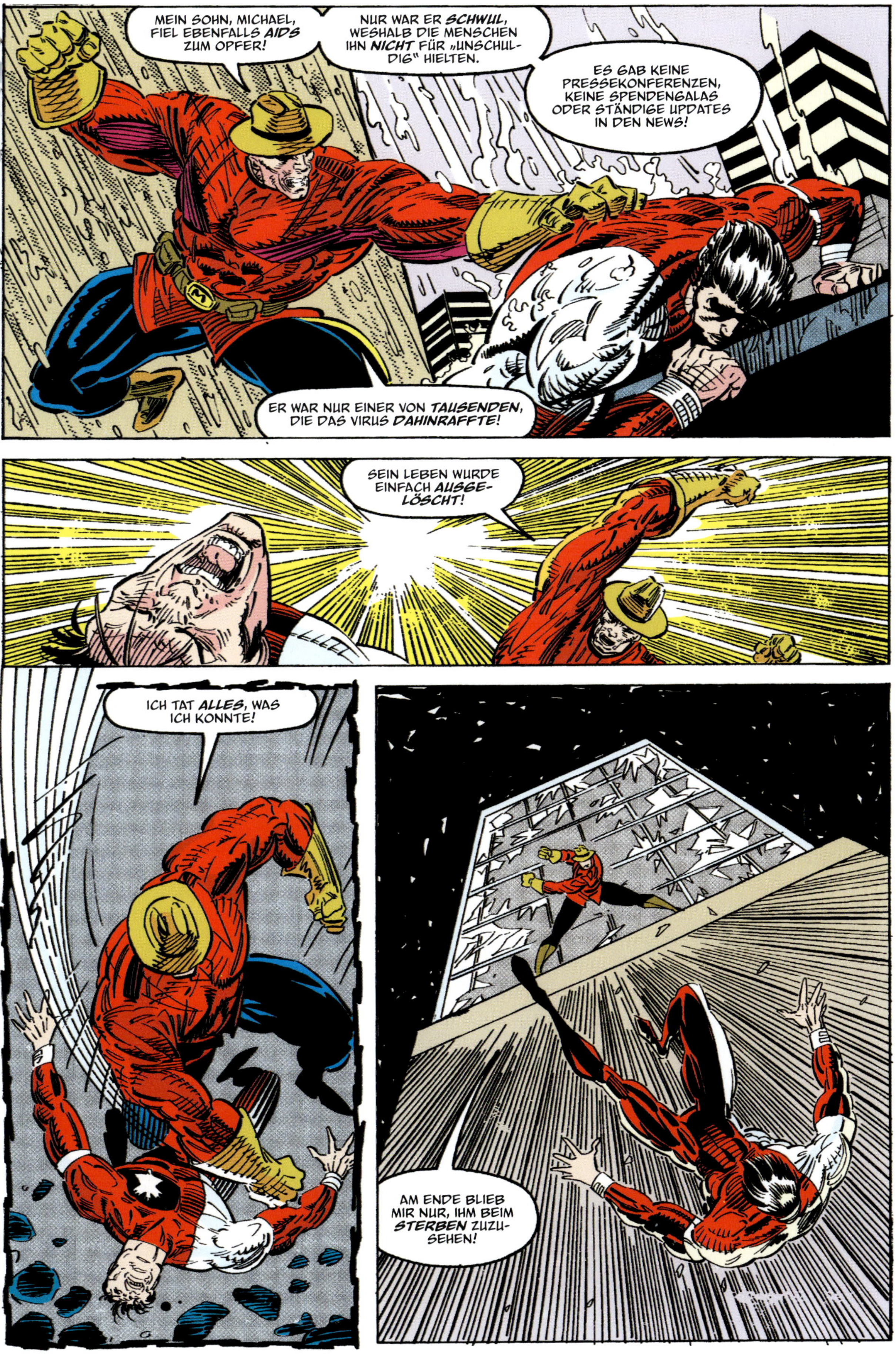
MEIN SOHN, MICHAEL, FIEL EBENFALLS AIDS ZUM OPFER!
NUR WAR ER SCHWUL, WESHALB DIE MENSCHEN IHN NICHT FÜR „UNSCHULDIG" HIELTEN.
ES GAB KEINE PRESSEKONFERENZEN, KEINE SPENDENGALAS ODER STÄNDIGE UPDATES IN DEN NEWS!
ER WAR NUR EINER VON TAUSENDEN, DIE DAS VIRUS DAHINRAFFTE!
SEIN LEBEN WURDE EINFACH AUSGELÖSCHT!
ICH TAT ALLES, WAS ICH KONNTE!
AM ENDE BLIEB MIR NUR, IHM BEIM STERBEN ZUZUSEHEN!

UND DANN KOMMST DU!
DU MIT DEINEM SÜSSEN, NIEDLICHEN, ACH SO LIEBENSWERTEN FOTOGENEN KLEINEN WAISENMÄDCHEN!
„SIE IST ZU JUNG, UM ETWAS DAFÜR ZU KÖNNEN, DASS SIE UNTER DIESER SEUCHE LEIDET", DENKEN DIE LEUTE.
MEIN SOHN WAR GENAUSO UNSCHULDIG!
SUPER SALE 99¢
ABER WEIL ER SCHWUL WAR, ZÄHLT DAS NICHT!
FROZEN FOOD
BLAM

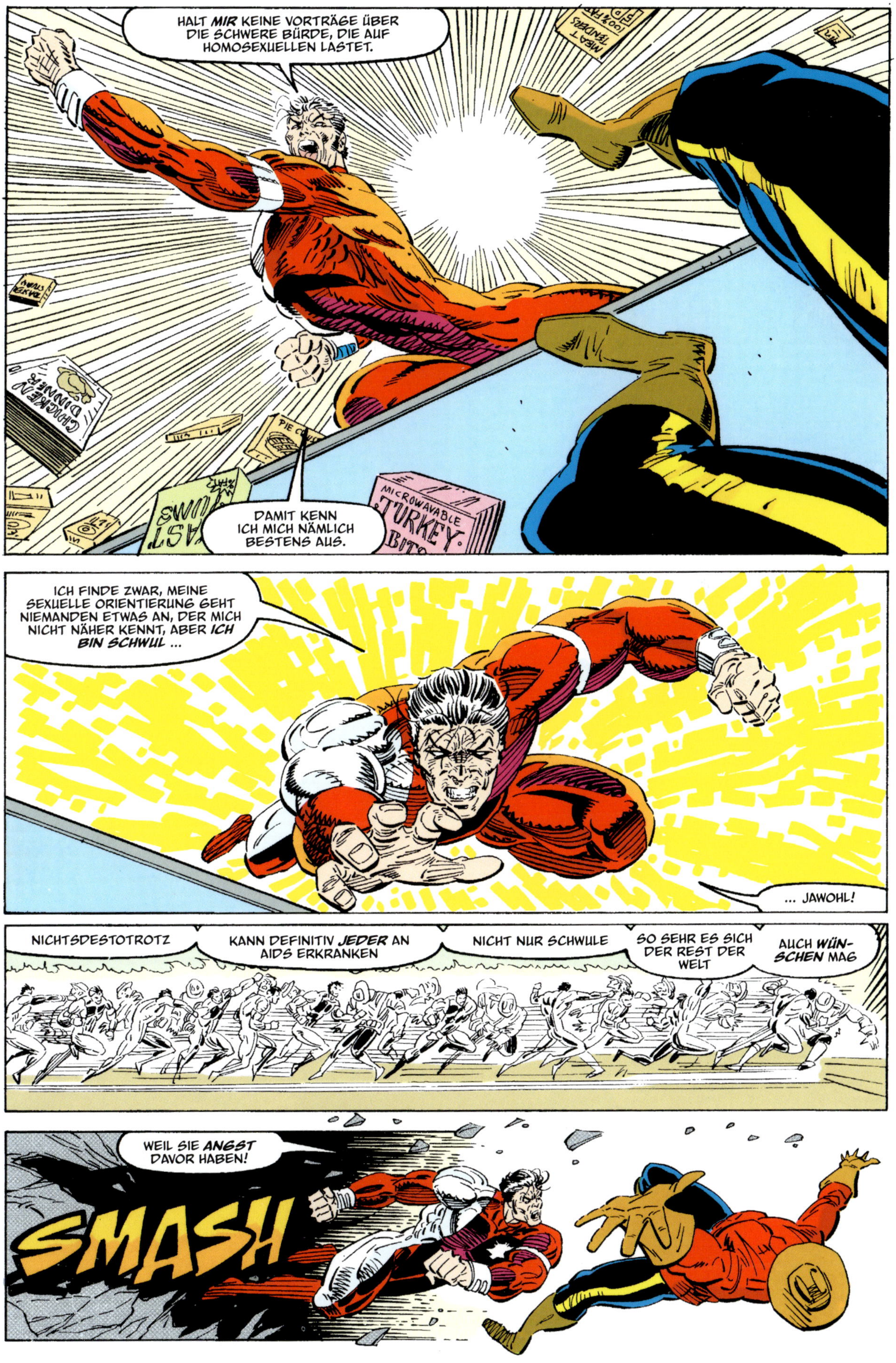
HALT MIR KEINE VORTRÄGE ÜBER DIE SCHWERE BÜRDE, DIE AUF HOMOSEXUELLEN LASTET.
DAMIT KENN ICH MICH NÄMLICH BESTENS AUS.
MICROWAVABLE TURKEY BITS
CHICKEN DINNER
ICH FINDE ZWAR, MEINE SEXUELLE ORIENTIERUNG GEHT NIEMANDEN ETWAS AN, DER MICH NICHT NÄHER KENNT, ABER ICH BIN SCHWUL ...
... JAWOHL!
NICHTSDESTOTROTZ
KANN DEFINITIV JEDER AN AIDS ERKRANKEN
NICHT NUR SCHWULE
SO SEHR ES SICH DER REST DER WELT
AUCH WÜNSCHEN MAG
WEIL SIE ANGST DAVOR HABEN!
SMASH

DU
ELENDER
EGOIST!
BABLAM
CHASE MOVERS
ALS MITGLIED VON ALPHA FLIGHT ...
... ZÄHLST DU ZU KANADAS BEKANNTESTEN PERSÖNLICHKEITEN, HIER UND IM AUSLAND.
DU WARST FRÜHER EIN ERFOLGREICHER OLYMPISCHER ATHLET!
IST DIR NICHT KLAR, WIE VIEL GUTES DU BEWIRKEN KANNST?
INDEM DU DEINE HOMOSEXUALITÄT VERSCHWEIGST ...
... UND DICH FEIGE VERKRIECHST ...
... BIST DU FÜR DEN TOD MEINES SOHNS GENAUSO VERANTWORTLICH WIE DIE HOMOPHOBEN POLITIKER, DIE IHRE AUGEN VOR AIDS VERSCHLIESSEN.

SCHÄM DICH!
ICH BIN EBENSO WENIG „VERANTWORTLICH“ FÜR MICHAELS TOD, WIE ER SELBST ES WAR.
IN EINEM GEBE ICH DIR ABER RECHT.
ES WIRD HÖCHSTE ZEIT, DASS DIE MENSCHEN ANFANGEN, ÜBER AIDS ZU REDEN.
ÜBER DIE OPFER.
JENE, DIE STERBEN ...
... UND JENE, DIE SIE HINTERLASSEN.

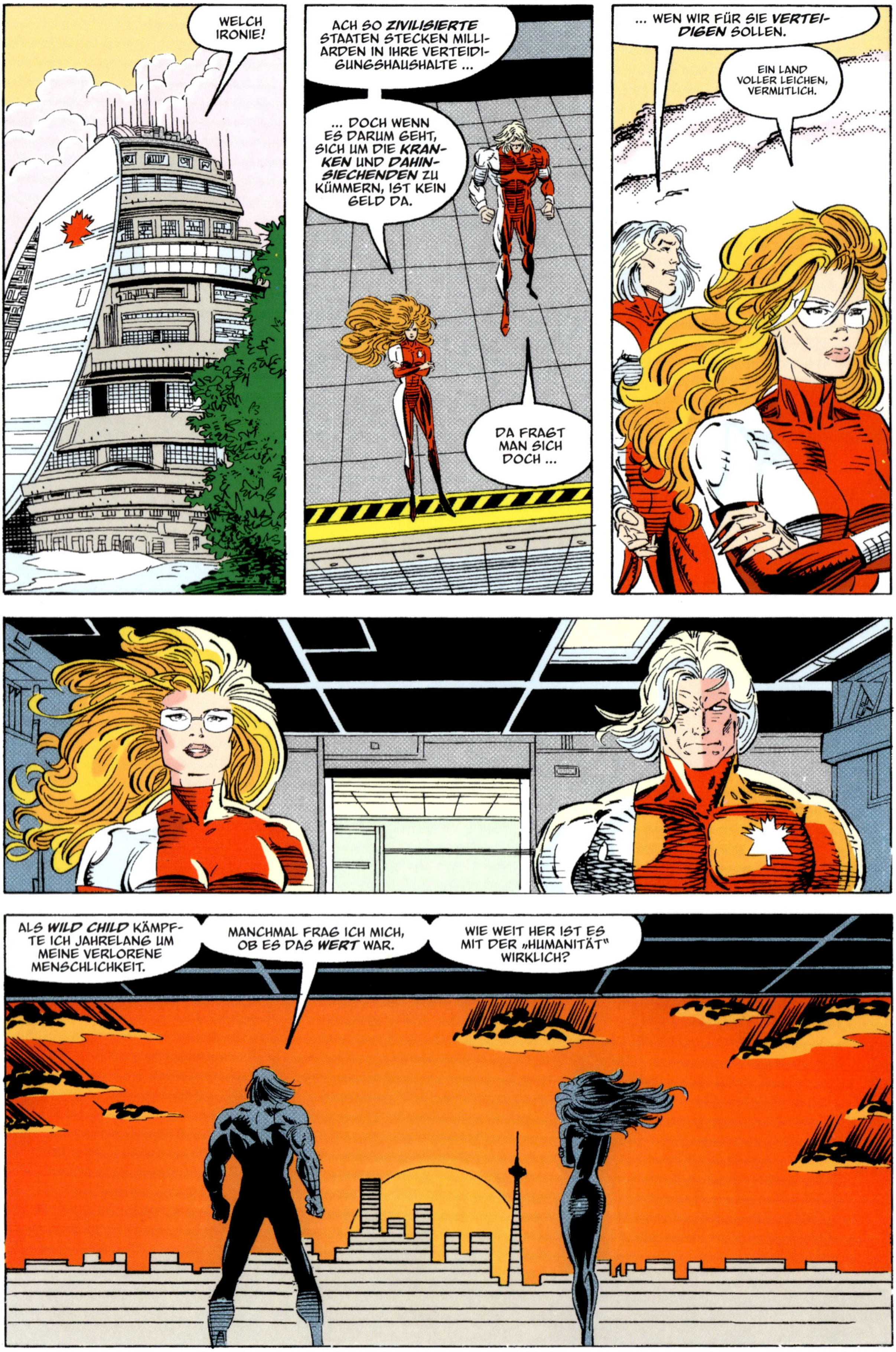
WELCH IRONIE!
ACH SO ZIVILISIERTE STAATEN STECKEN MILLIARDEN IN IHRE VERTEIDIGUNGSHAUSHALTE ...
... DOCH WENN ES DARUM GEHT, SICH UM DIE KRANKEN UND DAHINSIECHENDEN ZU KÜMMERN, IST KEIN GELD DA.
DA FRAGT MAN SICH DOCH ...
... WEN WIR FÜR SIE VERTEIDIGEN SOLLEN.
EIN LAND VOLLER LEICHEN, VERMUTLICH.
ALS WILD CHILD KÄMPFTE ICH JAHRELANG UM MEINE VERLORENE MENSCHLICHKEIT.
MANCHMAL FRAG ICH MICH, OB ES DAS WERT WAR.
WIE WEIT HER IST ES MIT DER „HUMANITÄT" WIRKLICH?

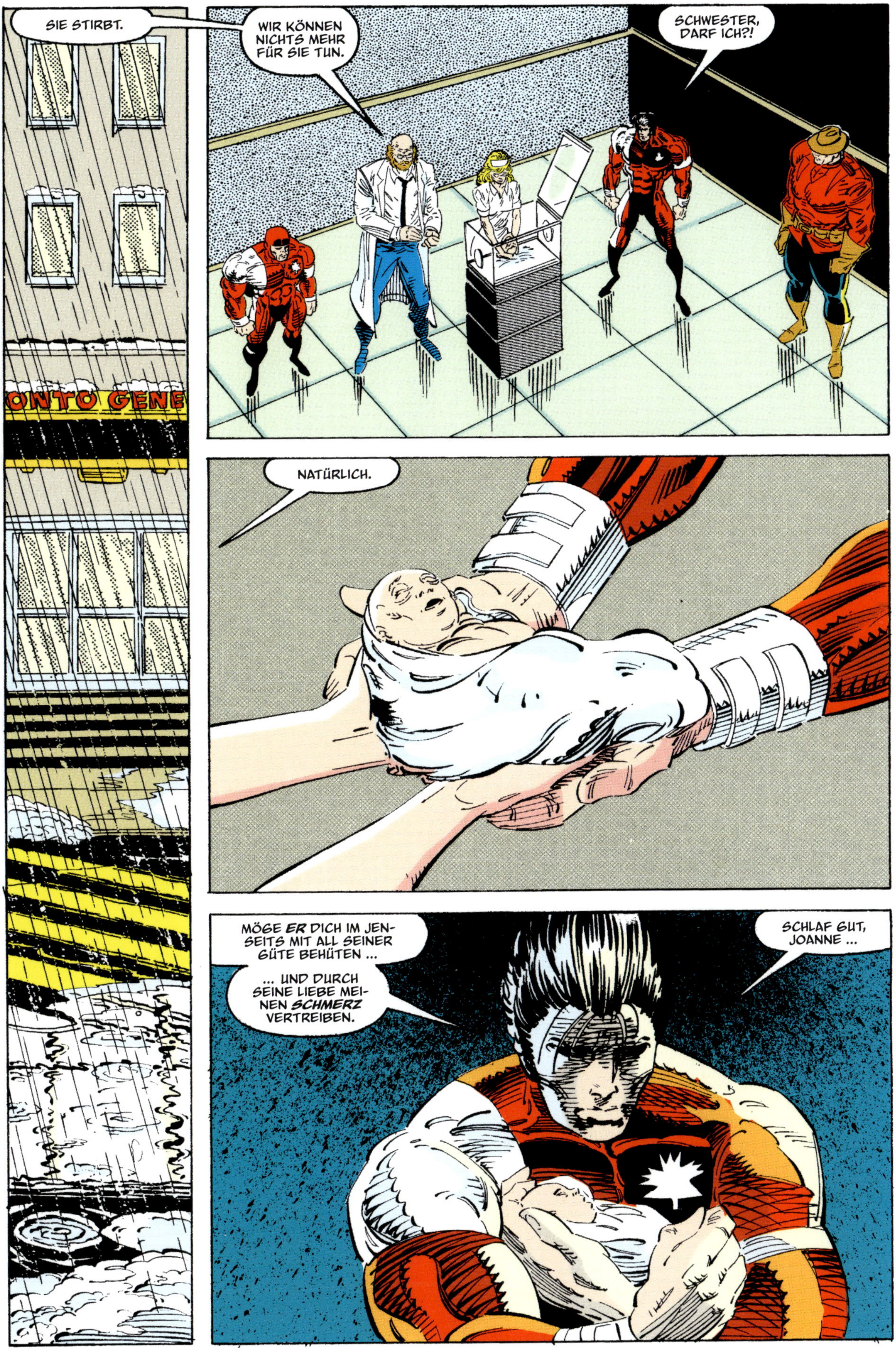
SIE STIRBT.
WIR KÖNNEN NICHTS MEHR FÜR SIE TUN.
SCHWESTER, DARF ICH?!
ONTO GENE
NATÜRLICH.
MÖGE ER DICH IM JENSEITS MIT ALL SEINER GÜTE BEHÜTEN ...
... UND DURCH SEINE LIEBE MEINEN SCHMERZ VERTREIBEN.
SCHLAF GUT, JOANNE ...

ICH HOFFE, ES BEDEUTET DIR ET-WAS, JUNGE.
SIE SIND NUN VEREINT.
MICHAEL WIRD AUF SIE AUFPASSEN.
ES BEDEUTET MIR ALLES, MON AMI.
ALLES.

THE DAILY MAIL

TUESDAY, JANUARY 21

NORTHSTAR VON ALPHA FLIGHT OUTET SICH ALS HOMOSEXUELL

„Wie sagt man? ‚Schweigen ist tödlich.' Ich möchte mein Schweigen daher brechen und die Stigmatisierung von AIDS beenden", erklärte Jean-Paul Beaubier, der ehemalige olympische Athlet, besser bekannt als Northstar von Alpha Flight. Einen Tag nachdem seine Adoptivtochter Joanne an den Folgen einer HIV-Infektion verstarb, ließ Beaubier auf einer Pressekonferenz verlauten, dass er schwul ist. „Es ist mein sehnlichster Wunsch, dass mein Bekenntnis zur Homosexualität den Weg zu einem Dialog ebnet.

(Fortsetzung auf Seite A10, 3. Spalte)

SCOTT LOBDELL
Story
MARK PACELLA
Zeichnungen
DAN PANOSIAN
Tusche
BOB SHAREN
Farben
ALEX RÖSCH
Übersetzung
ANDREA RENZONI
Lettering
BOBBIE CHASE
Redaktion USA

Northstar bei seiner Pressekonferenz

Das aktuelle Team von Alpha Flight (v.l.n.r.): Windshear, Aurora, Guardian, Northstar, Weapon Omega, Sasquatch und Puck

BUND FÜRS LEBEN

Astonishing X-Men (2004) 51
Cover von **DUSTIN WEAVER**

HEUTE
KNOCK
KNOCK
HEY, JP.
KYLES ELTERN
SIND DA.

TOLL, BOBBY. DANKE. WO SIND SIE?
IN DER BIBLIOTHEK. KID GLADIATOR ERKLÄRT IHNEN GERADE, DASS ZU EINER ANSTÄNDIGEN HOCHZEIT BLUTOPFER, ZWEIKÄMPFE AM ALTAR UND ANSPUCKEN DER BRAUTLEUTE GEHÖREN.
NUR EIN WITZ.
BIST DU OKAY, JEAN-PAUL?
JA, NA KLAR.
FÜHLE MICH GROSSARTIG.
AM GLÜCKLICHSTEN TAG MEINES LEBENS.
GIB DIE BITTE MEINER SCHWESTER.
UND HALTE KYLES ELTERN NOCH ETWAS HIN. BIN GLEICH SO WEIT.
BUND FÜRS LEBEN
MARJORIE LIU - Story MIKE PERKINS - Zeichnungen
MIKE PERKINS, ANDREW HENNESSY - Tusche
ANDY TROY, JIM CHARALAMPIDIS, RACHELLE ROSENBERG - Farben
WALPROJECT - Lettering JÜRGEN PETZ - Übersetzung

VOR EINER WOCHE
DACHTE, ES KÖNNE NICHT SCHLIMMER KOMMEN, NACHDEM KYLE MEINEN ANTRAG ABGELEHNT HATTE.
ICH WAR VERLETZT. WÜTEND. ALSO SUCHTE ICH EINEN KAMPF.
UND LIEF DIREKT IN EINE FALLE, IN DER KYLE ALS KÖDER AUSGELEGT WAR.
MEIN TEAM HATTE DEN VERSTAND VERLOREN.
ABER DAS WAR MIR EGAL. ICH HÄTTE UNSER ALLER LEBEN GEGEBEN ...
... NUR UM KYLE ZU RETTEN.

NEIN!
BLAM
ICH WILL DIR NICHT WEHTUN.
ICH WILL DIR AUCH NICHTS TUN.
THNK
ABER IRGENDWAS STIMMT NICHT ... IN MEINEM KOPF ...
UNNGH!
LAUF, JEAN-PAUL. ICH FLEHE DICH AN. LAUF WEG.
VERSTEH DOCH. *ICH BIN MACHTLOS DAGEGEN.*
NIE-MALS.
WER AUCH IMMER DICH KONTROLLIERT, KANN MICH MAL. UND DU *AUCH*, WENN DU DENKST, ICH KNEIFE.

WEHR DICH DAGEGEN. SIEH MICH AN UND KÄMPFE. GEMEINSAM SCHAFFEN WIR ES.
ICH LAUFE NICHT DAVOR WEG. ODER VOR DIR. DU BIST HIER. ICH BIN HIER. LASS UNS DAS BEENDEN ...
ZUSAMMEN.
WIESO TUST DU NIE, WAS ICH SAGE? BITTE, ICH WÜRDE MIR DAS NIE VERZEIHEN, WENN ICH ...
BLAM
JEAN-PAUL?

HNGH ...
OH GOTT. GOTT SEI DANK.
BIST DU OKAY? HABE ICH ...?
NEIN, MIR GEHT ES GUT.
DU HÄTTEST WEGLAUFEN SOLLEN.
DU **WEISST**, WIE GERN ICH MICH HERUMKOMMANDIEREN LASSE.
JEMAND HAT DEINEN GEIST MANIPULIERT. ABER WER?
WARTE, BIS WIR WIEDER ZU HAUSE SIND.
GOTT, DIESE **KOPFSCHMERZEN**.
ICH.
TUT MIR LEID.
KARMA?!
UNMÖGLICH. DAS WÜRDEST DU NIEMALS TUN.

DENNOCH IST ES SO.
ES TUT MIR ALLES SO LEID. DU MUSST MIR GLAUBEN.
NEIN.
DAS TUE ICH. ABER LASS UNS *REDEN*.
KARMA, BLEIB HIER ...
ICH BIN HIER IN GEFAHR.
FOLGE MIR NICHT, JEAN-PAUL. KÜMMERE DICH UM GAMBIT UND WOLVERINE. UND UM KYLE.
SIE SIND JETZT VON MIR BEFREIT. ICH KANN NICHT SAGEN, FÜR WIE LANGE.
DAS WAR'S.
FÜHLT SICH NICHT SO AN.
ICH WEISS.
IST NUR SO EINE REDENSART.
KOMM. LASS UNS DIE ANDEREN SUCHEN.

ES IST NIE VORBEI.
WIR TUN NUR SO, UM AUFSTEHEN UND WEITERKÄMPFEN ZU KÖNNEN.
UM JEDEN PREIS.
RACHEL SAGT, IHR SEID SAUBER. KEINE RÜCKSTÄNDE VON KARMA IN EUREN KÖPFEN.
DAS IST NUR EIN SCHWACHER TROST.
WARUM SOLLTE KARMA UNS FREIWILLIG SO ETWAS ANTUN?
TJA, ICH BIN DER LETZTE, DER GEDANKENKONTROLLE AUSSCHLIESSEN WÜRDE. ABER WIR HABEN KEINE AHNUNG.
ICH HABE MICH BEI ALLEN KRANKENHÄUSERN NACH FRAUEN MIT ENTSPRECHENDEN VERLETZUNGEN ERKUNDIGT.
BISHER NICHTS.
DAS IST BEUNRUHIGEND. WENN KARMA SO SCHWER VERWUNDET IST, WIE IHR SAGT, MUSS DER BLUTVERLUST ENORM SEIN.
ES WÄRE ALSO MÖGLICH, DASS SIE ...
ICH ERINNERE MICH KAUM AN WAS.
DU HAST DICH SELBST ALS GOTT BEZEICHNET.
JA, GENAU. UND DANN HAST DU MICH GEKÖPFT.
HAT IHM NICHT GESCHADET ...
... DEM GÖTTERKNABEN.

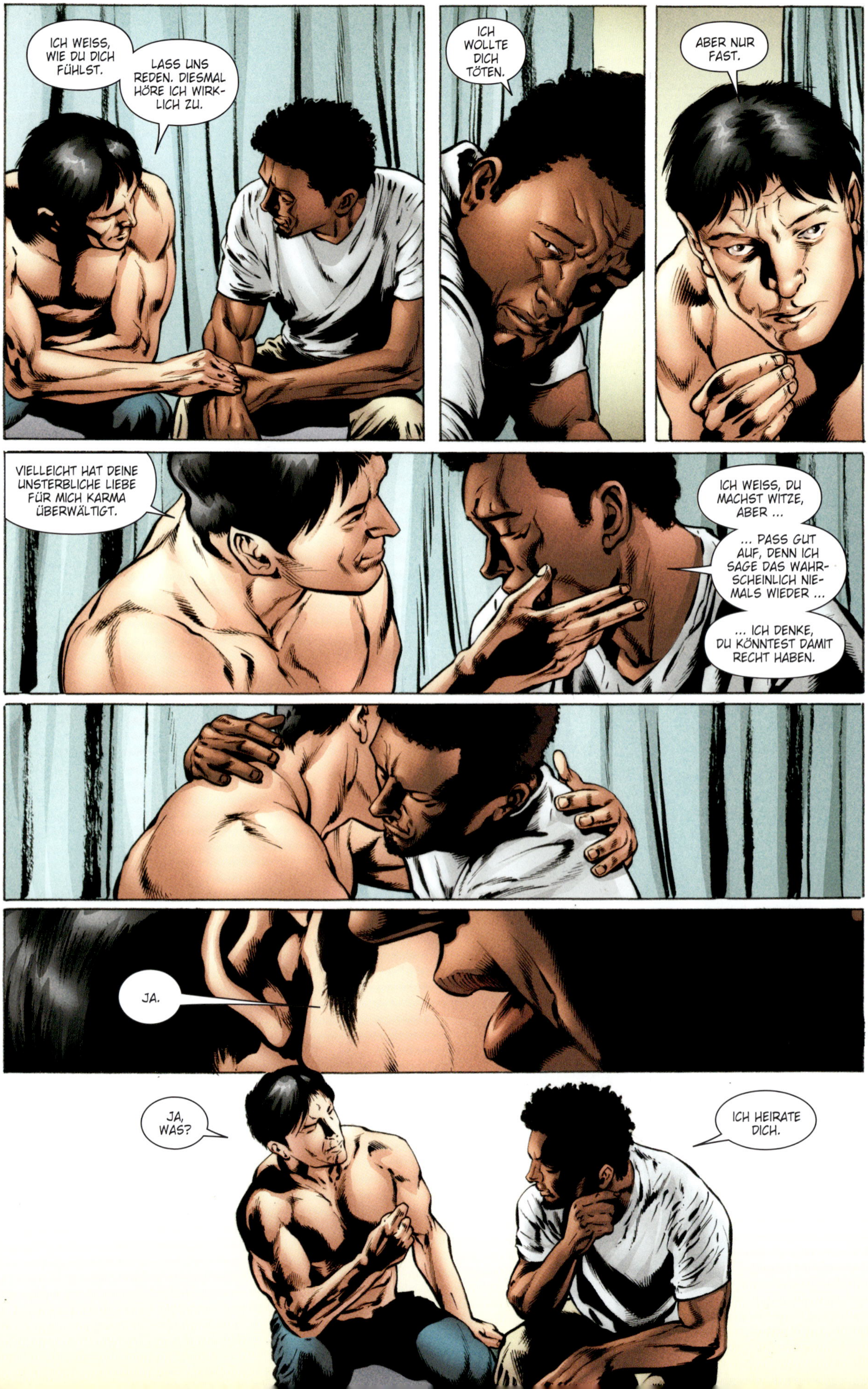
ICH WEISS, WIE DU DICH FÜHLST.
LASS UNS REDEN. DIESMAL HÖRE ICH WIRKLICH ZU.
ICH WOLLTE DICH TÖTEN.
ABER NUR FAST.
VIELLEICHT HAT DEINE UNSTERBLICHE LIEBE FÜR MICH KARMA ÜBERWÄLTIGT.
ICH WEISS, DU MACHST WITZE, ABER ...
... PASS GUT AUF, DENN ICH SAGE DAS WAHRSCHEINLICH NIEMALS WIEDER ...
... ICH DENKE, DU KÖNNTEST DAMIT RECHT HABEN.
JA.
JA, WAS?
ICH HEIRATE DICH.

KYLE, DU AHNST NICHT, WIE GERN ICH DAS HÖREN WOLLTE. ABER DU HAST VORHER NEIN GESAGT UND DAS AUS GUTEM GRUND.
ICH WAR … DUMM UND UNSENSIBEL.
JA.
DU BIST KEIN GUTER ZUHÖRER. SONST WÄRST DU VOR DEM VERRÜCKTEN MIT DER KANONE WEGGELAUFEN.
WIR HABEN UNSERE PROBLEME.
ABER DAS LEBEN IST KURZ.
ICH LIEBE DICH.
SPART EUCH DAS FÜR SPÄTER. WIR HABEN ZU TUN.
DARF ICH EUCH HÖFLICHST UNTERBRECHEN? HIER FINDET GLEICH UNTERRICHT STATT.
KEIN SINN FÜR ROMANTIK, HANK.

CENTRAL PARK, HEUTE
NEE, WIR SCHAFFEN ES NICHT MAL BIS ZUR ZEREMONIE.
PESSIMIST.
HABT IHR JE VON EINER SUPERHELDEN-HOCHZEIT GEHÖRT, DIE NICHT VON SKRULLS ODER SAGEN WIR ... SECHS-BRÜSTIGEN, DOPPELKÖPFIGEN AMAZONEN NUR IN STRAPSE GESTÖRT WURDE?
FÜR DIESEN GEDANKEN KÖNNTE ICH MICH ER-WÄRMEN!
ÐICH KENNE DIE NACHRICHTEN UND KYLE HAT MIR DAVON ERZÄHLT, ABER EUCH MIT EIGENEN AUGEN ZU SEHEN, DAS IST ...
Ð... UM-WERFEND."
UND FÜHLT KYLE SICH DABEI WOHL? ICH MEINE, ER IST BEMERKENS-WERT ... ABER DENNOCH NUR EIN MENSCH.
LIEBLING!
SCHON OKAY.
EHRLICH GE--
NORTHSTAR!
TUT MIR LEID, ABER WIR MÜSSEN WISSEN, WIE DIE BLUMEN ARRANGIERT WERDEN SOLLEN.
OH, ALSO--
WIR HABEN JEDE WEISSE ROSE IN NEW YORK GEKAUFT!
WIR BAUEN EIN MONUMENT MIT IHNEN! IHR WER-DET DURCH EINEN BLÜTENREGEN SCHREITEN!
WOW, DAS IST--
DA BIST DU JA.
HEY, WALTER.
DEINE SCHWESTER SUCHT DICH. ICH SOLL DIE PLATZKARTEN FÜR DAS FEST-ESSEN AUFSTELLEN. ABER IHR HABT AVENGERS UND X-MEN BUNT DURCHEINANDER GEWÜRFELT. DAS KÖNNTE ÄRGER GEBEN.
WILLST DU, DASS ALPHA FLIGHT SICH DARUM KÜMMERT?

JEAN-PAUL, HAST DU KURZ ZEIT?
NATÜRLICH, WARBIRD. BITTE ENTSCHULDIGT MICH EINEN MOMENT.
KÜMMERST DU DICH SO LANG UM DIE JINADUS, KITTY?
WAS LIEGT AN? HOFFENTLICH KEINE WEITEREN DEKO-NOTFÄLLE. DAVON HABE ICH GENUG.
ICH WERDE DER HOCHZEIT NICHT BEIWOHNEN.
OH.
UND WIESO?
ES WÄRE FÜR MICH EINE LÜGE.
LÜGE?

ICH KANN ... DIE GÜLTIGKEIT DES GELÜBDES NICHT ANERKENNEN.
ICH SAGE ES UNGERN, WEIL ICH DICH RESPEKTIERE. ABER SO EMPFINDE ICH.
BLEIB.
ALS FREUNDIN. ALS TEAMKAMERADIN.
TUT MIR LEID.
HEY.

KOMM MIT.
GIBT ES SCHON WAS NEUES VON KARMA?
BISHER NICHT. ICH ZIEHE NACH DER HOCHZEIT LOS, UM EINER SPUR ZU FOLGEN.
DAMIT SOLLTEST DU DICH JETZT NICHT BELASTEN. DU HAST GENUG AN DEN HACKEN.
ICH MACHE MIR SORGEN UM SIE.
KLAR.
ABER DIESER TAG ... DER IST EINMALIG.
GLAUB MIR. KENNE MICH DAMIT AUS.
AH, JEAN-PAUL!
VERZEIH DIE STÖRUNG, ABER ICH HABE EINE DRINGENDE FRAGE.
ALS **LEITER** DER ZEREMONIE FEHLT MIR NOCH EUER **TREUEGELÖBNIS**.
ES GIBT DINGE, DIE SOLLTE AUCH DER SCHNELLSTE MANN DER WELT NICHT AUFSCHIEBEN, ODER?
SCHON GUT, HANK. WIR ... WIR **IMPROVISIEREN**.

AH, JAA.
WIE DU MEINST.
DU SIEHST AUS, ALS MÜSSTEST DU MAL DURCHATMEN, BRUDERHERZ.
WEISST DU NOCH? UNSERE RENNEN?
IST DAS EINE HERAUSFOR-DERUNG? ICH BIN SCHNELLER. SOGAR IM KLEID.
ICH WÜNSCHTE, WIR HÄTTEN UNS ALS KINDER GEKANNT.
MIR IST KLAR, WAS DU DENKST, AURORA. DOCH DU WIRST MICH NICHT VERLIEREN.
JA, ICH WEISS.
ICH HABE ETWAS FÜR DICH.

ES IST KITSCHIG, ABER ... EIN GLÜCKSBRINGER.
DEIN ALPHA FLIGHT-ABZEICHEN ALS ETWAS ALTES. SAISONKARTEN DER HABS ALS ETWAS NEUES.
DAZU VON MIR EIN NORTHSTAR-WACKELKOPF. IN LIMITIERTER AUFLAGE. ALSO WILL ICH IHN VON DIR ZURÜCK.
UND BEAST ALS ZEREMONIENMEISTER DÜRFTE ALS ETWAS BLAUES DURCHGEHEN.
DANKE, ICH HÄTTE ES FAST VERGESSEN.
ALLES GESCHIEHT SO SCHNELL. HAST DU DAS BEMERKT?
DAS LIEGT DIR DOCH.
DIES IST ... ANDERS.
STIMMT GENAU. JEDER WÜRDE VERSTEHEN, WENN DU BEDENKEN HAST.
NOCH IST ES NICHT ZU SPÄT, EINEN RÜCKZIEHER ZU MACHEN.
JEAN-PAUL!
DAS SIND NICHT GERADE ERMUNTERNDE WORTE AM HOCHZEITSTAG.
RICHTIG. ICH WÜRDE DICH DAFÜR UMBRINGEN. ABER DU BIST MEIN BRUDER UND ICH SPÜRE, DASS IRGENDWAS NICHT STIMMT.
SAG MIR, WENN ICH MICH TÄUSCHE. ICH MÖCHTE NUR, DASS DU GLÜCKLICH WIRST.

EHRLICH ... BIN ICH BEREIT?
WER WEISS?
ES GEHT *WIRKLICH* ALLES SEHR SCHNELL.
WOHL AUCH FÜR KYLE.
ABER GESCHWINDIGKEIT WAR STETS MEIN TRUMPF. UND LANGSAMER ZU WERDEN, IST ...
NEIN, ICH *WILL* DAS.
KYLE IST DER RICHTIGE ... DER EINZIGE FÜR MICH. BEI IHM BIN ICH ...
DAHEIM.
OH.
HI.
HI.
ICH LASS EUCH JUNGS ALLEIN.

DU SOLLTEST MICH VOR DER ZEREMONIE NICHT SEHEN.
VIELLEICHT SOLLTE ICH DAS SAGEN.
HAST DU UNS ETWA ZU-GEHÖRT?
ICH HABE NUR GEHÖRT, DASS DU DICH DER SACHE NICHT GEWACHSEN FÜHLST.
NEU FÜR DICH.
BIST DU NERVÖS?
NEIN. WARUM AUCH?
ATME DURCH UND SIEH DICH UM.

DAS KLINGT SICHER SENTIMENTAL, ABER ICH FRAGE MICH, OB MEINE MÜTTER JE AN HEIRAT GEDACHT HABEN.
UND OB ES ETWAS GEÄNDERT HÄTTE.
OH, ROGUE.
WIE COOL. MEINE LETZTE HOCHZEIT IST EWIG HER.
WARST DU MAL AUF EINER, X?
NUR FÜR EIN ATTENTAT.
OOOOKAY.
HEY, PUCK. SCHEINT DER EINZIGE RUHIGE ORT HIER ZU SEIN.
SETZ DICH.
HAVOK, ODER?
ICH BIN TOLERANT, ABER ES GIBT EINEM ZU DENKEN, WAS?
TJA, ICH FREUE MICH FÜR JEAN-PAUL UND KYLE, DOCH ICH MUSS STÄNDIG ÜBERLEGEN, WAS MEINE OMA WOHL DAZU GESAGT HÄTTE.
JA, ICH *WEISS*. VIELE VON EUCH HABEN SICH LANGE NICHT GESEHEN. ABER ICH MUSS EUCH JETZT UM *RUHE* BITTEN, DAMIT WIR ANFANGEN KÖNNEN.

GLAUBST DU, ER HAT ES SICH ÜBERLEGT?
PSST.
SPÄT DRAN FÜR DEN SCHNELLSTEN MANN DER WELT.
GUT BESUCHT, WAS?
KAUM LEERE PLÄTZE.
DIE ZÄHLEN NICHT.

WIE GEHT'S DIR?
GROSS-ARTIG, DAD.
VIELES HIER IST ZIEMLICH ... SELTSAM.
KOMMST DU DAMIT KLAR?
BISHER ...
... GING ES GANZ GUT.
NA JA. FAST.
LAUF MIR JETZT NICHT WEG. DU BIST ZU SCHNELL FÜR MICH.
NIE-MALS.

DU UND ICH SIND HIER.
WOANDERS WILL ICH NICHT SEIN.

WIR HABEN UNS AN DIESEM SCHÖNEN ORT VERSAMMELT, UM ZEUGE ZU WERDEN, WIE KYLE JINADU UND JEAN-PAUL BEAUBIER IN GEGENSEITIGER LIEBE DEN BUND DER EHE EINGEHEN.
KYLE? JEAN-PAUL? IHR DÜRFT JETZT SPRECHEN, UM EURE VERMÄHLUNG ZU BESIEGELN.
ICH WEISS, WIE KOSTBAR UND VERGÄNGLICH DAS LEBEN IST.
UND ICH WEISS, WELCH EIN GESCHENK ES IST, ES MIT JEMANDEM ZU TEILEN.
ICH WERDE DAS NIE ALS SELBSTVERSTÄNDLICH ANSEHEN.
ICH WERDE DICH LIEBEN, EGAL WAS KOMMT.
ICH WERDE DICH EHREN.
ICH WERDE DICH BEFLÜGELN.
ICH WERDE DEIN HALT SEIN.
KYLE UND JEAN-PAUL ... GELOBT IHR, EUCH EINANDER IN LIEBE, HINGABE UND VERTRAUEN ZU VERMÄHLEN?
JA.
JA.
DANN ERKLÄRE ICH EUCH ZU EHE- UND LEBENSPARTNERN.
ES STEHT EUCH FREI, EUCH ...
... ZU KÜSSEN.

DA SIND WIR.
ZUSAMMEN.
BIST DU BEREIT DAFÜR?
NA JA. FAST.
DEPP.
DU LIEBST ES.

ALLES IN ORDNUNG? DU WIRKST IRGENDWIE TRAURIG.
ICH DENKE AN MEINE ERSTEN TÄNZE, 'RO.
UND DIE, DIE ICH VERPASST HABE.
UGH. MIST.
LOGAN?
NICHTS. HAB MICH WOHL ÜBERFRESSEN.
BRAUCHE NUR FRISCHE LUFT. TANZEN WIR ZWEI NACHHER?
DU WEISST, ICH BIN VERHEIRATET.
KLAR DOCH.

HNGH! WAS ZUM ...
KARMA?
ENDE

MADE IN THE USA, TEIL 1

America Chavez: Made in the USA (2021) 1
Cover von **SARA PICHELLI**

MAN VERDRÄNGT SO VIELES AUS DER ZEIT, BEVOR DAS EIGENE LEBEN NEU BEGONNEN HAT ...
MADE IN THE USA, TEIL 1
KALINDA VAZQUEZ - Story
CARLOS GÓMEZ - Zeichnungen
JESUS ABURTOV - Farben
MAMI! PAPI! SEHT!
MAN ERINNERT SICH NUR AN DAS, WAS MAN WILL.
MEIN GOTT!
ICH BENEIDE DICH DARUM. UND UM DAS, WAS DU GEFUNDEN HAST, NACHDEM DU GEGANGEN BIST.
JONES BEACH, NEW YORK, VOR 13 JAHREN

SIEH MAL AN, MEIN CAFÉ CON LECHE ZAHLT SICH GERADE RICHTIG AUS.
BIST DU KAFFEE-TRINKER?
SONST FANG MAL DAMIT AN!
DU HAST EIN BEHÜTETES LEBEN GEFÜHRT.
LOS ANGELES, JETZT
NEE, DU BIST EHER TEETRINKER ...
DU BIST ES GEWOHNT, STÄNDIG ZU GEWINNEN.
WAS ZUM--
BZZZZT
LEIDER MUSS ICH DICH ENTTÄUSCHEN:
HEEEEEEY!
DAS WIRD SICH ÄNDERN.

AUA.
THUD
SCHOOL
DAS WIRD MORGEN NOCH WEHTUN.
AMERICA?
JA, KATE. BIN OKAY.
SICHER? ES SAH GRAD AUS, ALS OB DU--
GÖNN 'NEM MÄDCHEN NACH 'NER KOPFNUSS VON 'NEM RIESEN-MAULWURF DOCH MAL 'NE KURZE AUSZEIT!
SCHOOL BUS

ICH MEIN JA NUR: WIR HABEN ALLES IM GRIFF. FALLS IRGENDWAS SEIN SOLLTE--
IRGENDWAS AUSSER RIESIGEN MAULWÜRFEN, DIE UNS ZUM FRÜHSTÜCK VERSPEISEN WOLLEN?
HIGH SCHO
West Cam
ÄH ... HALLO, MISS CHAVEZ? ICH BIN EIN RIESENFAN!
ICH HAB LETZTES JAHR IN SOZIOLOGIE EIN PROJEKT ÜBER SIE GEMACHT--
DAS IST ENTWEDER SEHR SÜSS ODER SEHR GRUSELIG.
FREUT MICH, MÄDCHEN, ABER WIR HABEN ZU TUN!
NUR EIN PAAR FRAGEN, BITTE. IST FÜR UNSEREN NACHRICHTENKANAL AN DER SCHULE.
WAS HALTEN SIE VON DER STADT DER ENGEL, NACHDEM SIE SO LANGE IN NEW YORK WAREN?
NACHDEM SIE AUS EINER FREMDEN DIMENSION-- DEM PARALLEL-UTOPIA-- STAMMEN, FINDEN SIE VERMUTLICH BEIDES VOLL LANGWEILIG, NICHT?

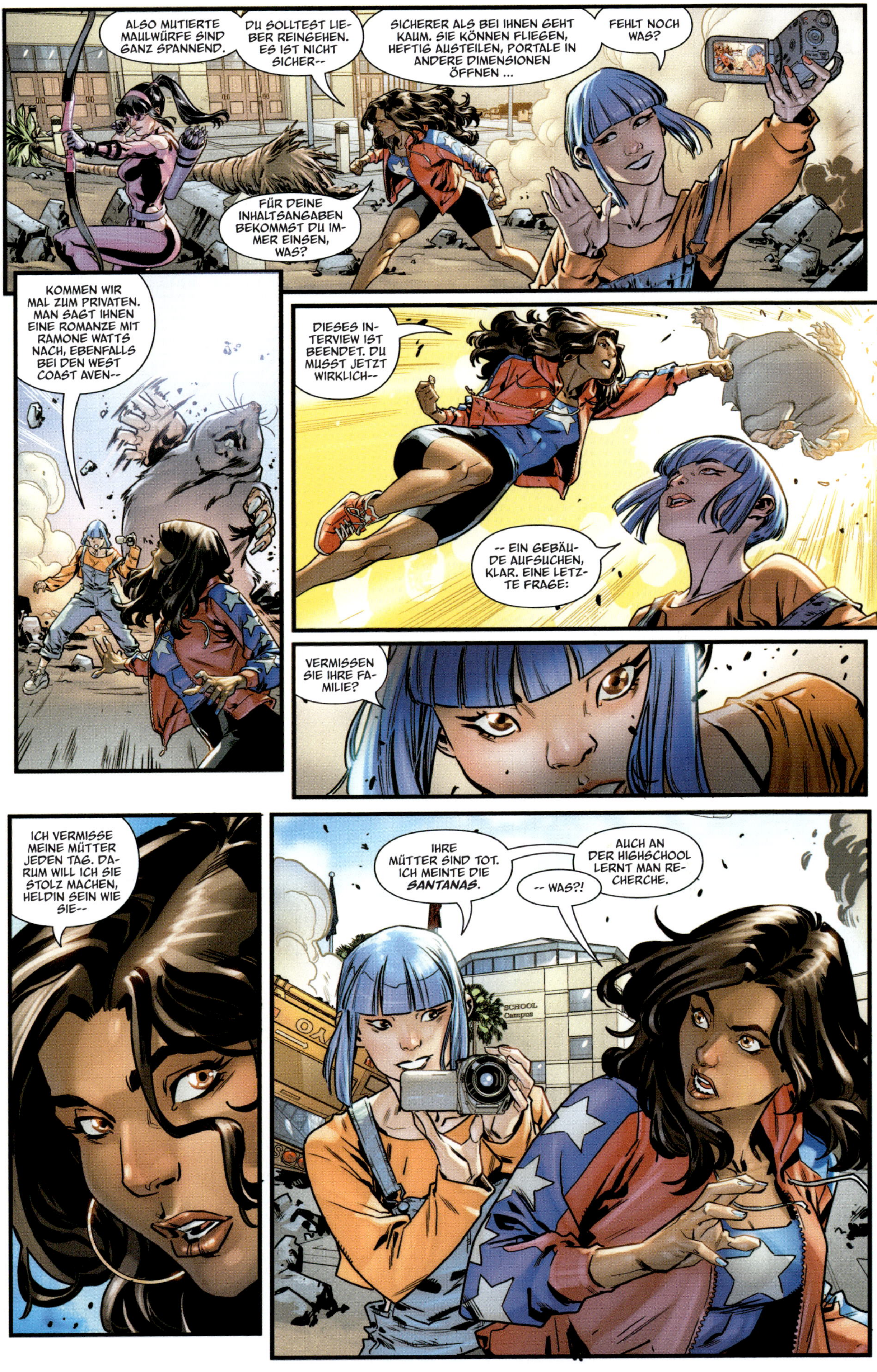
ALSO MUTIERTE MAULWÜRFE SIND GANZ SPANNEND.
DU SOLLTEST LIEBER REINGEHEN. ES IST NICHT SICHER--
SICHERER ALS BEI IHNEN GEHT KAUM. SIE KÖNNEN FLIEGEN, HEFTIG AUSTEILEN, PORTALE IN ANDERE DIMENSIONEN ÖFFNEN ...
FEHLT NOCH WAS?
FÜR DEINE INHALTSANGABEN BEKOMMST DU IMMER EINSEN, WAS?
KOMMEN WIR MAL ZUM PRIVATEN. MAN SAGT IHNEN EINE ROMANZE MIT RAMONE WATTS NACH, EBENFALLS BEI DEN WEST COAST AVEN--
DIESES INTERVIEW IST BEENDET. DU MUSST JETZT WIRKLICH--
-- EIN GEBÄUDE AUFSUCHEN, KLAR. EINE LETZTE FRAGE:
VERMISSEN SIE IHRE FAMILIE?
ICH VERMISSE MEINE MÜTTER JEDEN TAG. DARUM WILL ICH SIE STOLZ MACHEN, HELDIN SEIN WIE SIE--
IHRE MÜTTER SIND TOT. ICH MEINTE DIE SANTANAS.
-- WAS?!
AUCH AN DER HIGHSCHOOL LERNT MAN RECHERCHE.
SCHOOL Campus

SEHT SIE EUCH AN. SO ZIERLICH ... WO KOMMT SIE HER?
KEINE AHNUNG.
WIE HEISST SIE, PAPI?
NUN, ICH DENKE ... AMERICA.
MAMITA, WO SIND DEINE ELTERN?
¿LES PASÓ ALGO?
SÍ.
„JAVIER, VIELLEICHT IST SIE GAR NICHT ... NA JA ..."
... LEGAL.
WIR SIND HIER NICHT IN MIAMI BEACH. SIE HATTE VERMUTLICH BLOSS 'NEN UNFALL.
LASS UNS DIE POLIZEI RUFEN.

WENN WIR DAS TUN UND SIE KEINE FAMILIE MEHR HAT ...
... LANDET SIE NACHHER IM KINDERHEIM.
WIR WOLLEN SCHON SO LANGE NOCH EIN KIND.
WAS, WENN DAS SCHICKSAL SIE ZU UNS GESCHICKT HAT?
JAVIER ... DAS GEHT NICHT.
DENK ANS GELD, UNSERE WOHNUNG--
ALLES, WAS WIR BRAUCHEN, UM IHR EIN ZUHAUSE ZU GEBEN ...
... IST LIEBE.
NA, WO IST DEIN MEGAFAN?
ENDLICH AUCH IN DECKUNG.
HA ... GUTES TIMING. ICH DENKE, WIR HABEN ALLE.
HIGH SCHOOL
West Campus

ES GAB GERÜCHTE, DASS HYDRA STRENG GEHEIME BIOEXPERIMENTE IM LABOR DURCHFÜHRT.
ABER MAULWÜRFE? DENEN GEHEN WOHL DIE ID--
OH-OH.
ICH WILL JA KEINE MÜCKE AUS 'NEM ELEFANTEN MA--
STILL.
OKAY ...
... ABER ICH KOMM MIR VOR WIE BEI „HAU DEN LUKAS" MIT TIEREN!
MIESE WORTSPIELE? IHR BRAUCHT ECHT HILFE, LEUTE.
RAMONE! DA BIST DU JA ENDLICH. MAL WIEDER STAU AUF DEM HIGHWAY?
WAS HÄLTST DU DAVON, DEN SMALL TALK ZU VERTAGEN, BIS DIESE BIESTER ERLEDIGT SIND?
MAL ÜBER NÄCHSTE WOCHE NACHGEDACHT?
HM?

AH, KLAR, ICH ERINNERE MICH.
MEINE FAMILIE IST IN DER STADT UND WILL MIT UNS ESSEN GEHEN.
SIE WISSEN, DASS WIR ZUSAMMEN SIND, FALLS DIR DAS SORGEN MACHT.
SORGEN? WIE KOMMST DU DRAUF?
KEINE AHNUNG ... FAMILIENKRAM ZIEHT MANCH-MAL--
EY, DAS KANN NICHT EUER ERNST SEIN!
BZZZZZT
AAAHHH!
AMERICA!
AMERICA!
„SO, DA WÄREN WIR ...“

DAHEIM.
WASHINGTON HEIGHTS, VOR 13 JAHREN
BODEGA SANTANA
IST DAS OKAY FÜR DICH?
WIR KÖNNEN DICH AUCH WOANDERS HINBRIN-GEN.
SICHER, DASS WIR NIEMAN-DEN ANRUFEN SOLLEN?
„WAS IST DENN MIT IHRER FAMILIE?"

WISSEN WIR NICHT, BERTO. WIR HALTEN DIE AUGEN NACH SUCHMELDUNGEN OFFEN.
BIS WIR WAS HÖREN, SIND WIR EINFACH FÜR SIE DA.
WENN DICH JEMAND FRAGST, SAG EINFACH, SIE IST EINE VERWANDTE AUS SAN JUAN, DIE UNS BESUCHT.
DU HAST EIN GUTES HERZ, *HIJO*.
ZEIGEN WIR IHR, WER ***WIR*** SIND ...
... DANN ZEIGT SIE UNS HOFFENTLICH BALD, WER ***SIE*** IST.
AMERICA ...
HEY. WIE FÜHLST DU DICH?
MMMMFFFF ...

DIE SCHULE! WAS--
DIE MAULWÜRFE SIND TOT. ALLEN GEHT'S GUT.
KATE FOLGT EINER SPUR ZU DIESEM HYDRA-LABOR.
AMERICA, DU FIELST EINFACH VOM HIMMEL.
DU MACHST UNS SORGEN. ICH WEISS NICHT, OB DU DICH DRAN ERINNERN KANNST, ABER ...
WILLST DU MIR ERZÄHLEN, WAS LOS IST?
ICH MUSS HIER RAUS.
IST ALLES IN ORDNUNG?

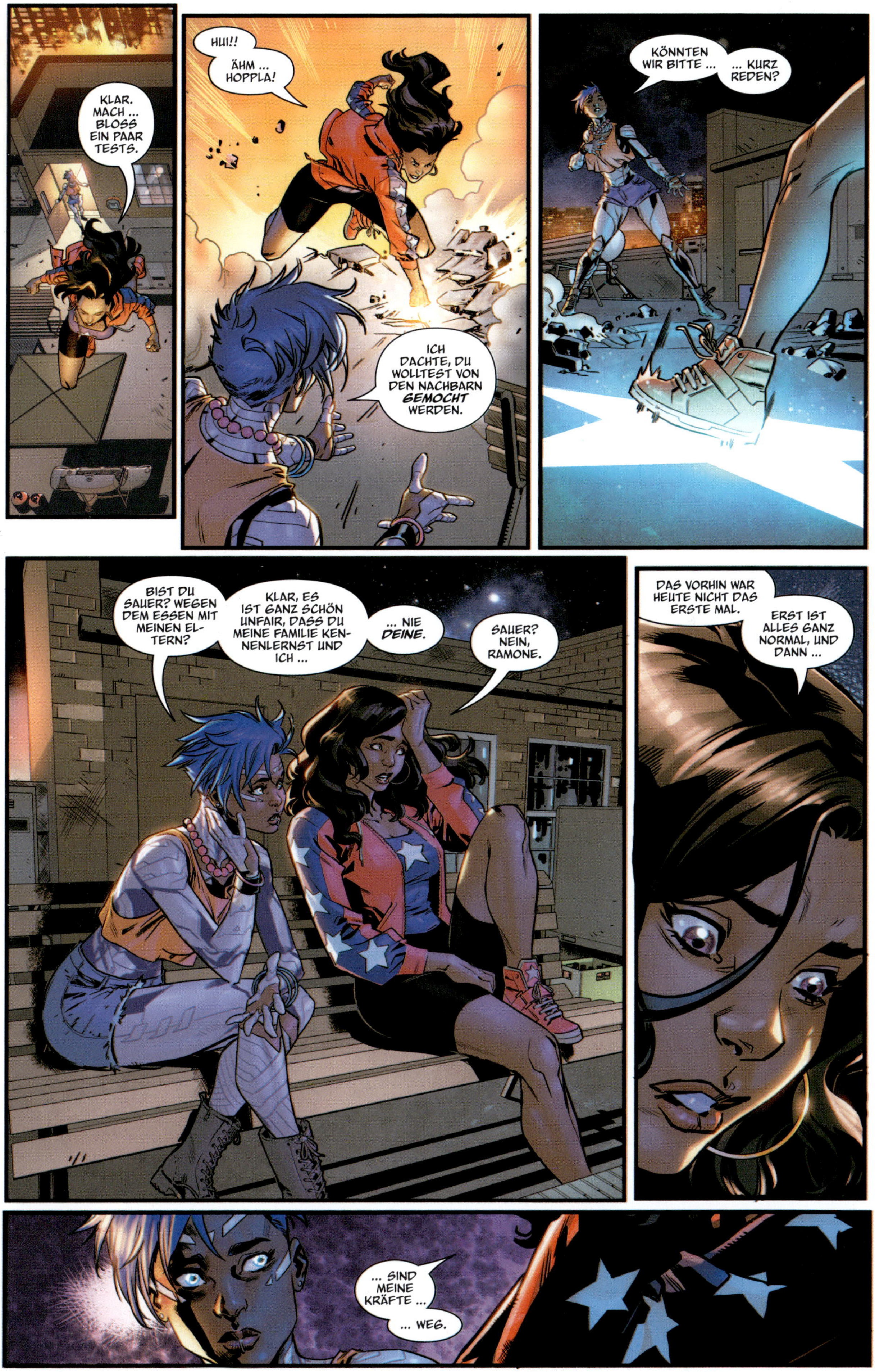

KLAR. MACH ... BLOSS EIN PAAR TESTS.
HUI!!
ÄHM ... HOPPLA!
ICH DACHTE, DU WOLLTEST VON DEN NACHBARN GEMOCHT WERDEN.
KÖNNTEN WIR BITTE ...
... KURZ REDEN?
BIST DU SAUER? WEGEN DEM ESSEN MIT MEINEN EL-TERN?
KLAR, ES IST GANZ SCHÖN UNFAIR, DASS DU MEINE FAMILIE KEN-NENLERNST UND ICH ...
... NIE DEINE.
SAUER? NEIN, RAMONE.
DAS VORHIN WAR HEUTE NICHT DAS ERSTE MAL.
ERST IST ALLES GANZ NORMAL, UND DANN ...
... SIND MEINE KRÄFTE ...
... WEG.

HEY, WAS ES AUCH IST. WIR FINDEN ES RAUS. GEMEINSAM.
BEEP BEEP BEEP BEEP BEEP
SORRY. IST NUR DIESE APP.
SIE VERSORGT MICH MIT NEWS AUS MEINER ALTEN HEIMAT IN NEW YORK.
WAS IST?!
BREAKING NEWS
GEHEIMNISVOLLES KRAFTFELD KAPSELT WOHNSIEDLUNG IN DEN WASHINGTON HEIGHTS AB

WASHINGTON HEIGHTS? ICH DACHTE, DU HÄTTEST IN BROOKLYN GELEBT?
ICH MUSS HIN.
AMERICA! WARTE!
NIEMAND MAG VERÄNDERUNG, AMERICA.
SEIT DU WEG BIST, HAT SICH HIER EINE MENGE VERÄNDERT. DU HAST DAVON NATÜRLICH NICHTS MITBEKOMMEN.
IST ES NICHT TRAURIG, DASS ERST SO WAS PASSIEREN MUSS, DAMIT DU ZURÜCKKOMMST?

BITTE SEID AM JONES BEACH ODER IM GALICIA. HAUPTSACHE, NICHT ZU HAUSE …
BODEGA SANTANA
KNOCK KNOCK KNOCK
DARF ICH REIN-KOMMEN?
ICH BIN ALBERTO, ABER ALLE NENNEN MICH NUR BERTO.
DIR KOMMT DAS BESTIMMT AL-LES TOTAL SCHRÄG VOR, UND DU HAST ANGST.
WENN DU EINEN ZUM REDEN BRAUCHST … ICH BIN *IMMER* DA.
JUANCHIZ KANN AUCH RICHTIG GUT ZUHÖREN.
MIR HAT ER SEHR GEHOLFEN.

WIE LANGE IST ES HER? WIE VIELE JAHRE?
TROTZDEM BIST DU IMMER NOCH DIE AMERICA VON NEBENAN, ODER?
BZZZZ★ZZT
AAAH! NICHT JETZT! BITTE NICHT JETZT ...
ECHT VOLL BLÖD, WENN SO WAS PASSIERT!
ABER, HEY, IMMERHIN BIST DU WEICH GELANDET.
UND DER CONTAINER BRENNT NICHT MAL.
SEIT WANN TREIBST DU DICH IN DIESEM VIERTEL RUM?

ICH BIN, WO MAN MICH BRAUCHT. VON JACKSON HEIGHTS BIS PARKCHESTER, VON CHINATOWN BIS SHEEPSHEAD--
DU WIRST DEINEM RUF ALS PLAPPERMAUL JEDENFALLS GERECHT.
WENIGER PLAPPERN, MEHR AVEN-GERN, OKAY?
DIESE KUPPEL SIEHT MIR NACH DEM WERK VON EINEM DEINER FREUN-DE AUS.
DOC OCK? GREEN POWER RANGER?
ÄH, ER HEISST GREEN GOBLIN. UND NÖ, KEINER VON DENEN.
EHER JEMAND NEUES.
PASS AUF, ICH HAB VERSUCHT, DURCHZUKOM-MEN, DRÜBER UND DRUNTER. ES GIBT NIRGENDS EINEN DURCHGANG.
ODER EINE SPUR VON DEM, DER DAHIN-TERSTECKT. VER-MUTLICH--
DIE LEUTE IM KRAFT-FELD ...
IHNEN GEHT DIE LUFT AUS.
WIR MÜSSEN SIE DA SCHLEU-NIGST RAUS-HOLEN.
ICH HAB 'NE IDEE.
LASS MICH RATEN: EINER VON DEINEN DIMENSIONS-SPRENGENDEN SCHLÄGEN?
WART'S AB.
NYPD

HEY, WARST DU NICHT 'NE WEILE IN L.A.?
WAS FÜHRT DICH ZURÜCK AN DIE *WIRKLICH* COOLSTE KÜSTE?
NYPD
ICH BIN HIER AUFGEWACHSEN.
KRSSHHH
ICH SUCH NACH DER QUELLE FÜR DIESES DING UND LEG SIE LAHM. DU--
ALLE EVAKUIEREN. KLAR.
KEINE PANIK, LEUTE. BLEIBT GANZ RUHIG.
ETWAS FRISCHE LUFT, UND IHR SEID WIEDER WIE NEU.
HAT TANTE MAY JEDENFALLS IMMER GESAGT.
NEIN!
AMERICA!

DOÑA PAOLA, BIST DU OKAY? KOMM, ICH BRING DICH VON HIER WEG.
MI HIJA ... WIR HATTEN ES SO EILIG, RAUSZU-KOMMEN ...
DEINE FAMILIE ... SIE SIND NOCH DA-DRIN. SIE SITZEN FEST!
BITTE HALTET DURCH!
JAVIER?!
CECI?!
ALBERTO?!
... MOM?
... DAD?
HIER DRÜBEN!

KEINE ANGST ... ICH HOL EUCH DA RAUS.
BASTA!!!
BZZZZZZZT
AAAHHHHH!!!
BOOOM
BOOOOOM
BOOOM
SO MÜSSTE ES KLAP-PEN ...

ICH HAB SO LANGE GEWARTET.
AUF UNSER WIEDERSE-HEN ...
... MIT EUCH ZU REDEN ...
IHR HABT ES SO GUT WIE GESCHAFFT! MOMENT!

GEHT ES ALLEN GUT?!
AMERICA ...
DU BIST ZURÜCK ...
ES GIBT EINE GANZE MENGE ZU BEREDEN.
JJ? SIEH DICH AN, FAST ERWACHSEN!
HIER LANG.
CECI, WAS IST DENN?
NACH ALLEM, WAS DU MIR ANGETAN HAST.
JEMAND HAT DAS UNTER DER TÜR DURCHGESCHOBEN ... KURZ BEVOR DAS FEUER AUSBRACH ...
DU SOLLTEST BESSER AUF DEINE FAMILIE AUFPASSEN, AMERICA
DER SPASS FÄNGT GERADE ERST AN.
ENDE ... VORERST!

HEIMATLOS

The United States of Captain America (2021) 1
Variant-Cover von **NICK ROBLES**

TONIGHT: THE COSMIC CUBES
HEIMATLOS
JOSH TRUJILLO Story
JAN BAZALDUA Zeichnungen
MATT MILLA Farben
ICH HEISSE AARON FISCHER.
ICH LEBE UNTERWEGS, SEIT ICH DEN-KEN KANN.
ES IST EIN HARTES LEBEN. ABER ICH MACHE DAS BESTE DRAUS.
IMMERHIN KOMME ICH VIEL RUM.
UND TREFFE INTERESSANTE LEUTE.
AUG 26 SIMON'S WELCOMES BACK DAZZLER
UND MANCHMAL KANN ICH SOGAR ANDEREN HELFEN.

EIN FREUND HATTE MICH *GEWARNT*.
ÜBERALL IN DER STADT VERSCHWANDEN OBDACHLOSE KIDS.
KIDS WIE ICH.
DIE KEIN ZUHAUSE UND NIEMANDEN AN IHRER SEITE HATTEN.
ICH WURDE *OFT* VERLASSEN. ICH WEISS, WIE SICH DAS ANFÜHLT.
ICH WOLLTE VERSUCHEN, OB ICH SIE NICHT IRGENDWO FINDEN KANN.
SCHLIESSLICH HATTE NACH *MIR* DAMALS *NIEMAND* GESUCHT.
UND *CAP* HÄTTE DAS *AUCH* GETAN.

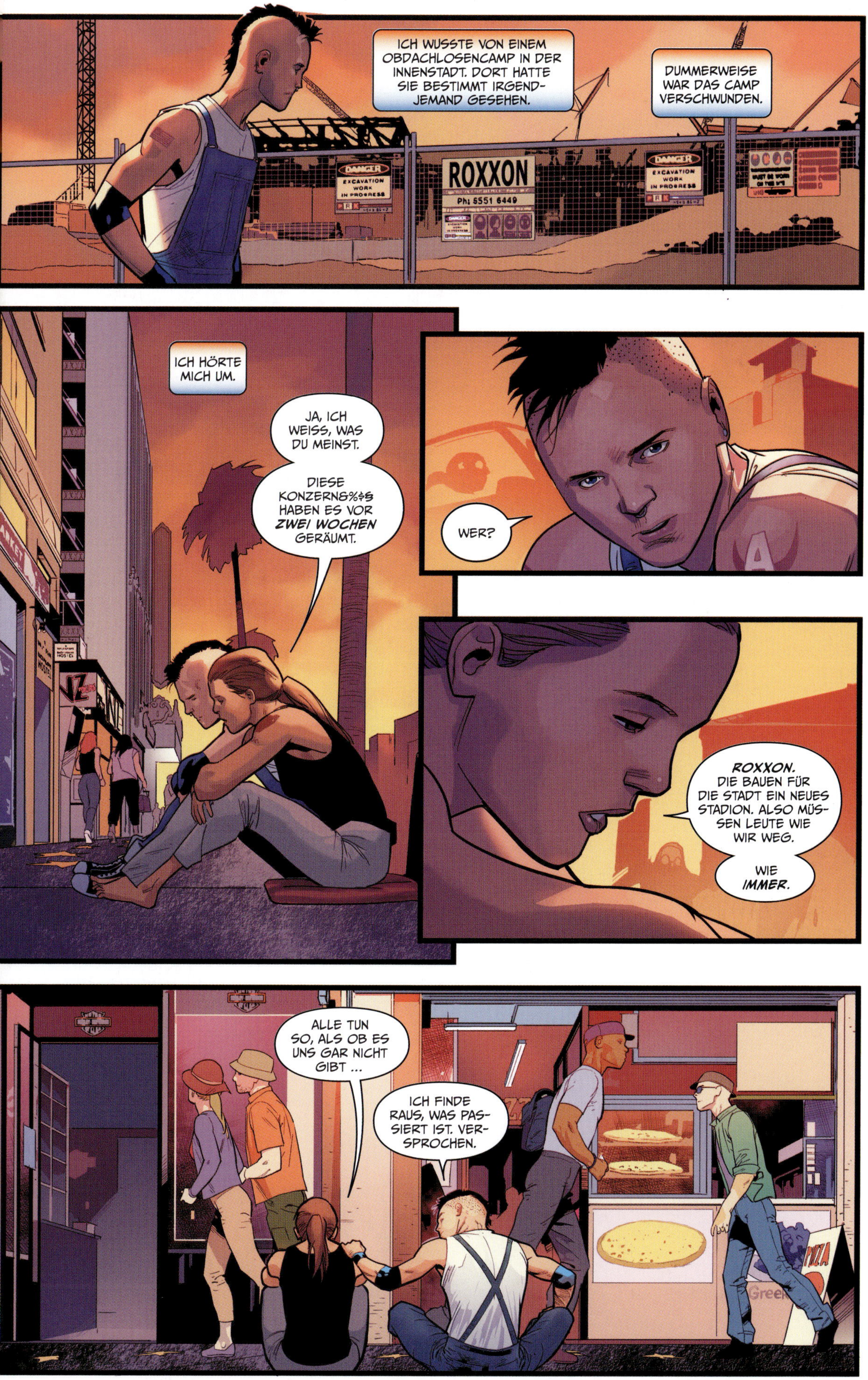
ICH WUSSTE VON EINEM OBDACHLOSENCAMP IN DER INNENSTADT. DORT HATTE SIE BESTIMMT IRGENDJEMAND GESEHEN.
DUMMERWEISE WAR DAS CAMP VERSCHWUNDEN.
DANGER
EXCAVATION WORK IN PROGRESS
ROXXON
Ph: 5551 6449
DANGER
EXCAVATION WORK IN PROGRESS
ICH HÖRTE MICH UM.
JA, ICH WEISS, WAS DU MEINST.
DIESE KONZERN&%*$ HABEN ES VOR ***ZWEI WOCHEN*** GERÄUMT.
WER?
ROXXON. DIE BAUEN FÜR DIE STADT EIN NEUES STADION. ALSO MÜSSEN LEUTE WIE WIR WEG.
WIE ***IMMER.***
ALLE TUN SO, ALS OB ES UNS GAR NICHT GIBT ...
ICH FINDE RAUS, WAS PASSIERT IST. VERSPROCHEN.
PIZZA

DIE STADT *PRAHLTE* DAMIT, DASS DIE OBDACHLOSEN VERSCHWUNDEN WAREN.
DANGER
EXCAVATION WORK IN PROGRESS
OFFENBAR INTERESSIERTE ES AUSSER MIR NIEMANDEN, *WOHIN*.
... DIE PRODUKTIVITÄT IST DEUTLICH GESUNKEN.
DANN TUN SIE WAS DAGEGEN!
AUF DER STRASSE GIBT'S NOCH JEDE MENGE MEHR.
OH &%$$!
KRAK!
WAR 'N VERSUCH.

OH, DU BIST WACH.
SIEHST ÜBEL AUS. MUSST DICH ORDENTLICH GEWEHRT HABEN, WAS?
ICH BIN ADRIAN.
AARON. ICH ...
... WOLLTE EUCH HEL-FEN.
ACH? UND WIE LÄUFT DAS SO?
MITTEL-MÄSSIG.
WO-- WO ZUR HÖLLE SIND WIR?
IM GEGENZUG FÜRS STADION MUSSTE ROXXON „ERSATZWOHNRAUM" STELLEN. ALSO HABEN SIE UNS HIER IN DER WÜSTE EINGEPFERCHT.
AUS DEN AUGEN, AUS DEM SINN.
UND DAS NUR EIN PAAR MEILEN ENTFERNT VOM HIGHWAY.

DA DRÜBEN MÜSSEN WIR ARBEITEN. MANCHE VON UNS SCHON SEIT MONATEN. OHNE HOFFNUNG FÜR DIE ZUKUNFT.
WIR MÜSSEN HIER RAUS. WIR BRAUCHEN JEMANDEN, DER UNS EINE CHANCE GIBT.
ROXXON
ROXXON GLAUBT, SIE KOMMEN MIT ALLEM DURCH.
VIELLEICHT ZU RECHT.
NEIN!
ICH SEH'S NICHT EIN, EINFACH AUFZUGEBEN! WIR LASSEN NICHT ZU, DASS SIE SO MIT UNS UMSPRINGEN!
WIR WERDEN DENEN ZEIGEN, DASS WIR KEINE ANGST VOR IHNEN HABEN.
UND WIE SOLL DAS FUNKTIONIEREN?

ICH HAB LANGE VERZWEIFELT NACH MEINEM PLATZ IN DER WELT GESUCHT.
ABER ICH HABE IHN GEFUNDEN. IN BESONDEREN MEN-SCHEN, DIE FÜR EINE GEMEINSAME SACHE KÄMPFEN.
FREUNDE. PARTNER.
LEHRER. AKTIVISTEN.
HELDEN.
ICH HAB MICH IMMER GEFRAGT, WAS ICH AN IHRER STELLE TÄTE.

DAMALS FAND ICH'S RAUS.

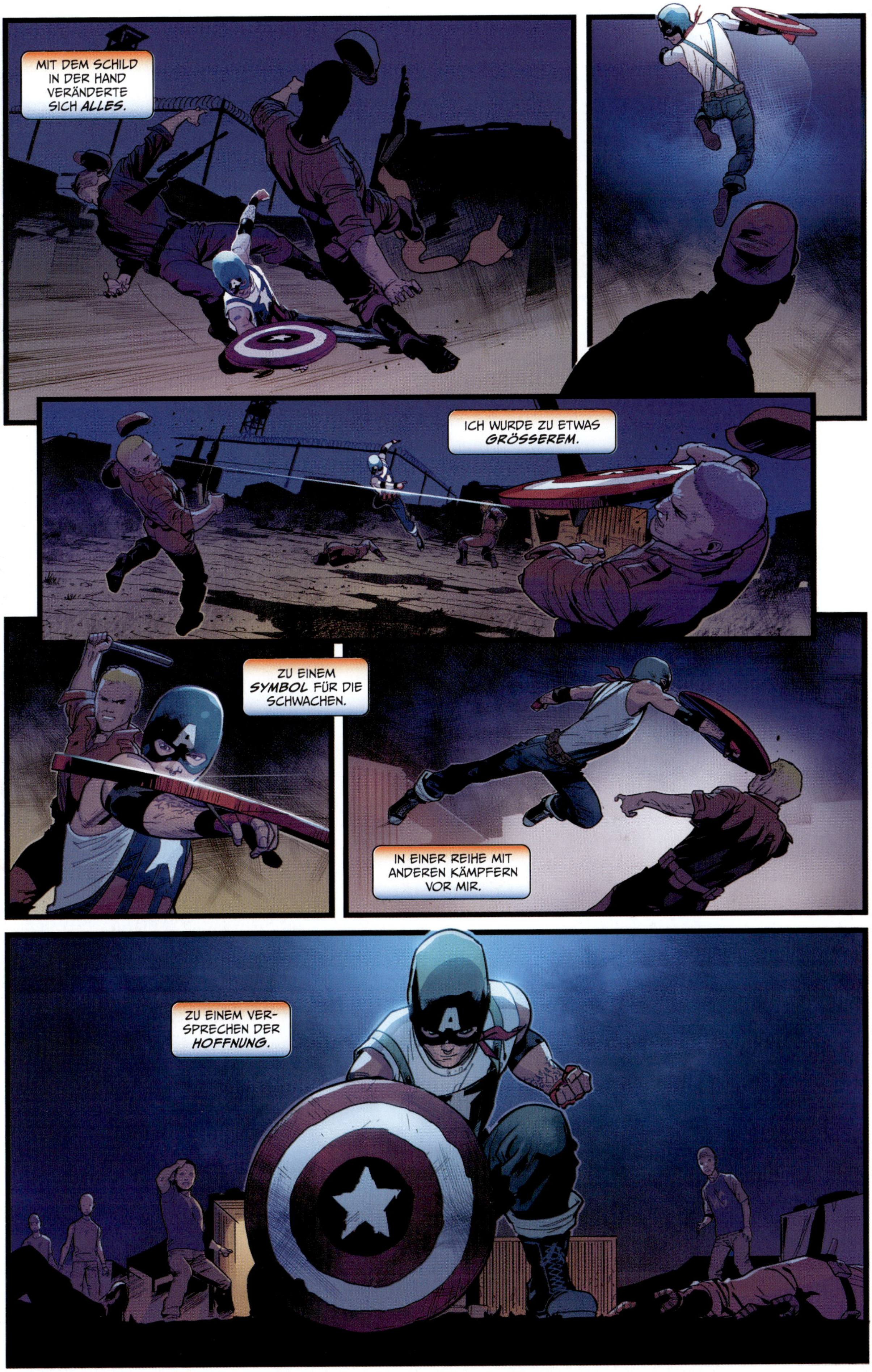
MIT DEM SCHILD IN DER HAND VERÄNDERTE SICH ALLES.
ICH WURDE ZU ETWAS GRÖSSEREM.
ZU EINEM SYMBOL FÜR DIE SCHWACHEN.
IN EINER REIHE MIT ANDEREN KÄMPFERN VOR MIR.
ZU EINEM VERSPRECHEN DER HOFFNUNG.

ICH HEISSE AARON FISCHER.
UND WENN'S GUT LÄUFT, KANN ICH ANDEREN HELFEN.
ICH KOMME AUS DEM NICHTS.
ALSO KANN ICH NICHT ZURÜCK.
ABER NACH *VORN.*
UND DAS MUSS ICH NICHT ALLEIN.

SAG MAL, WANN IST DIR DAS GANZE EINGEFALLEN?
EIGENTLICH WAR ES TEDDYS IDEE.
WIR KOMMEN JEDES JAHR INCOGNITO HER, ABER WIR FANDEN, DAS REICHT NICHT MEHR.
DU WEISST SCHON: GROSSE KRAFT, GROSSE VERANTWORTUNG.
WIR HATTEN ES LEICHTER ALS DIE MEISTEN.
UNSERE FAMILIEN HABEN UNS UNTERSTÜTZT UND WIR HATTEN EINANDER.
MARSHA P. JOHNSON
1945–1992
ABER ES GAB ANDERE VOR UNS.
SYLVIA RIVERA
PRESENTE
WIR SIND DIESEN WAHREN HELDEN ZU DANK VERPFLICHTET. SIE HABEN DEN WEG BEREITET.
ALSO LUDEN WIR NOCH ANDERE EIN, UND ALLE SIND GEKOMMEN.
GEMEINSAM HABEN WIR ETWAS MITZUTEILEN:
„AN ALLE, DIE MENSCHEN WIE UNS NICHT WOLLEN.
„AN ALLE, DIE DARAUS LERNEN, UNS ZU SEHEN.
„UND AN ALLE VON UNS, DIE NOCH AUF DER SUCHE SIND.
„WIR SIND HIER."
GEMEINSAM!
VON LUCIANO VECCHIO

Marvel's Voices: Pride (2021) 1
Variant-Cover von **RUSSELL DAUTERMAN**

Marvel's Voices: Pride (2021) 1
Variant-Cover von **ERNANDA SOUZA**

Marvel's Voices: Pride (2021) 1
Variant-Cover von **LUCIANO VECCHIO**

Marvel's Voices: Pride (2021) 1
Variant-Cover von **JEFFREY VEREGGE**

Marvel's Voices: Pride (2021) 1
Variant-Cover von **PHIL JIMENEZ**

Marvel's Voices: Pride (2021) 1
Variant-Cover von **PHIL JIMENEZ**

Black Cat (2021) 7
Variant-Cover von **PHIL JIMENEZ**

Marauders (2019) 21
Variant-Cover von **PHIL JIMENEZ**

X-Men (2019) 21
Variant-Cover von **PHIL JIMENEZ**

The Mighty Valkyries (2021) 3
Variant-Cover von **PHIL JIMENEZ**

Guardians of the Galaxy (2020) 15
Variant-Cover von **PHIL JIMENEZ**

Wolverine (2020) 13
Variant-Cover von **PHIL JIMENEZ**

X-Factor (2020) 10
Variant-Cover von **PHIL JIMENEZ**